Knaus
K

VOLKER HAGE

Walter Kempowski

Bücher und Begegnungen

Knaus

Inhalt

Einleitung

Im Dezember 1971 begegnete ich Walter Kempowski zum ersten Mal, einem schlanken Mann von Anfang 40, der in jenem Jahr einen Roman mit dem merkwürdigen Titel «Tadellöser & Wolff» publiziert hatte. Der Roman war freundlich, sogar betont wohlwollend aufgenommen worden – voller Anerkennung war die Kritik schon zwei Jahre zuvor bei Kempowskis Debüt «Im Block» gewesen –, doch von großen Auflagen, gar von Popularität war der Autor weit entfernt. Damals konnte niemand ahnen, auch Kempowski nicht, der große Pläne hatte, daß mit dem Erscheinen dieses Buches der Grundstein für einen der erfolgreichsten Romanzyklen der deutschen Literatur gelegt war.

Kempowski las in einer Hamburger Bücherhalle vor allenfalls zwei Dutzend Zuhörern. Nach der Lesung bat ich ihn um ein Interview – ich war Anfang Zwanzig, Student der Germanistik, und ich muß auf ihn einen sehr jugendlichen Eindruck gemacht haben. Denn Kempowski reagierte reserviert: Nein, von einer Schülerzeitung wolle er sich nicht befragen lassen. Immerhin durfte ich ihn zum Hauptbahnhof fahren, und während der Fahrt erklärte ich ihm, daß ich hoffte, eine Zeitung zum Abdruck des Interviews bewegen zu können. Gut, sagte er, falls eine richtige Zeitung für den Plan zu gewinnen sei, dürfte ich mich wieder bei ihm melden.

Als ich ihm dann wenig später mitteilte, die Literaturzeitschrift «Akzente» habe an einem Kempowski-Gespräch Interesse, ging alles recht schnell. Schon am 22. Januar 1972 saß ich bei ihm in Nartum, im Obergeschoß der Dorfschule. Kempowski war Lehrer, der nebenbei schrieb; als Schriftsteller konnte er den Lebensunterhalt für sich und seine Familie noch lange nicht verdienen.

Das Interview fand am Nachmittag statt. Auf Kempowskis Briefbogen stand vorsorglich hinter der Telefonnummer der Vermerk: «ab 15.30 Uhr». Störungen zur falschen Zeit wollte er ausschließen. Übrigens zierte den Bogen damals auch eine eigenwillige Kopf- und Fußleiste: Außer dem Namen Kempowski waren als Schriftband oben und unten allerlei Fehlschreibungen dokumentiert, wie «Kampowske», «Klimbinsky», «Kompotzki», «Klombowske», «Kenbosski» oder «Kompowki» – in dieser Auflistung offenbarte sich die für Kempowski auch später charakteristische Mischung aus Verärgerung und Selbstironie.

Er erzählte geduldig und konzentriert: wie er, der Rostocker Reedersohn, zwischen 1948 und 1956 in Bautzen als politischer Häftling einsaß, wie er im Knast Verse im Rilke-Ton auf Schiefertafeln notierte, wie er dann nach seiner Entlassung in der Bundesrepublik einen nie veröffentlichten kleinen Roman à la Kafka geschrieben habe.

Er, der literarische Neuling, ein Opfer von Willkürjustiz, hatte nach der Haft den Impuls, zunächst alles zusammenzutragen und um sich zu versammeln, was ihn an seine Kindheit und Jugend erinnerte: alte Fotos, Adreßbücher, Zeitungen, Spielzeuge. Mitte der fünfziger Jahre begann er damit, seine Mutter, seinen Bruder und andere Verwandte vor ein Tonbandgerät zu setzen und zu befragen. Das alles wurde zur Grundlage zunächst für den Roman «Tadellöser & Wolff», später auch für andere Teile jener Chronik des deutschen Bürgertums, mit der er berühmt werden sollte.

Schon damals, Anfang der siebziger Jahre, war dem Schriftsteller freilich ein Problem sehr bewußt: Das, was da unter seinen Händen weitgehend autobiographisch zum Roman wurde (Kempowski hat daraus nie ein Hehl gemacht), war ein subjektiver, sehr individueller Ausschnitt der deutschen Geschichte, das Schicksal einer, seiner Familie – und trotz der Gefängnishaft Kempowskis, seines Bruders und schließlich auch der Mutter war es eine noch einigermaßen glimpflich verlaufene Geschichte aus Kriegs- und Nachkriegszeiten. Dem Autor stand stets vor Augen, daß es andere, viel grausamere und entsetzlichere Geschichten aus jenen Jahren zu erzählen gab. Aber wie konnten sie Eingang in sein autobiographisches Romanwerk finden?

Als wir damals in Nartum miteinander sprachen, hatte Kempowski schon eine fixe Idee im Kopf. Er beabsichtige, sagte er mir, Zeitzeugen eine einzige Frage zu stellen: «Haben Sie Hitler gesehen?» Aus den Antworten wollte er ein Buch zusammenstellen. Das klang recht kurios, und ich war zunächst mehr als skeptisch, was seinen Plan anging. Kempowski bat mich (wie auch manch anderen) um Mitarbeit – und allein die drei Stimmen, die ich aus meiner Familie zu dem Projekt beitrug, machten mir schnell klar, daß diese schlichte Frage bei den Befragten etwas in Gang setzte, was in jedem Sinn unerhört war.

Das kleine gelbe Buch mit der Frage im Titel erschien 1973: Hunderte von verblüffenden, naiven, listigen und verräterischen Stimmen waren zusammengekommen. Mag die Sammlung auch demoskopisch nicht abgesichert sein, so ist sie doch auf ihre Art repräsentativ – eine entlarvende Offenbarung, ein grandioses Dokument der Zeitgeschichte.

Noch beklemmender wurde die Angelegenheit, als der Schriftsteller Jahre später noch eine andere «Schlüsselfrage» (Kempowski) stellte, eine Frage wiederum von entwaffnender Schlichtheit, nämlich: «Haben Sie davon gewußt?» Gemeint waren die Konzentrations- und Vernichtungslager – und fast alle Befragten verstanden offenbar auf Anhieb, wonach da gefragt wurde. Das Ergebnis war wiederum frappierend, die 1979 publizierte Sammlung ein Ereignis.

Für Kempowski sind diese Bücher keine Nebenwerke gewesen: Er betrachtete sie – zusammen mit einem dritten Umfragebuch über Schulerfahrungen: «Immer so durchgemogelt» (1974) – als integralen Bestandteil seiner «Deutschen Chronik».

Mit diesen Aussagen im unzensierten Originalton der Zeitgenossen war er auf einer Spur, die ihn ins Uferlose, zumindest kaum Begrenzbare führen sollte. Die eigene Familiengeschichte hatte dem Autor einen Rahmen gesetzt, die kollektive Erfahrung dagegen war ein weites, ein unüberschaubares Feld – das sollte sich Jahre später bei der Arbeit am «Echolot» erweisen.

Zunächst freilich war die «Deutsche Chronik» abzuschließen, der Romanzyklus, der 1971 mit «Tadellöser & Wolff» fulminant gestartet war. In diesem Roman wird Kempowskis Jugend in der Zeit von Ende der dreißiger Jahre an bis Kriegsende geschildert. Es folgte schon im

Jahr darauf der Roman «Uns geht's ja noch gold», der das von der Roten Armee eingenommene Rostock der unmittelbaren Nachkriegsjahre zum Schauplatz hat und mit der Verhaftung des gerade 18jährigen Protagonisten 1948 endet. Die sich anschließende, acht Jahre währende Haft in Bautzen und die Ankunft in der Bundesrepublik werden in dem Band «Ein Kapitel für sich» (1975) geschildert: eine um die Perspektive anderer Familienmitglieder erweiterte Fassung des Romandebüts «Im Block» (1969).

Ursprünglich plante Kempowski, seinen Romanzyklus mit zwei Folgebänden abzuschließen, in denen er sich der Jahre bis 1963 widmen wollte. Statt dessen griff er weit in die Historie zurück und erzählte in zwei Bänden die Vorgeschichte zu «Tadellöser & Wolff»: 1978 erschien der Roman «Aus großer Zeit», in dem das Leben der Großeltern in der wilhelminischen Ära gezeigt wird, von der letzten Dekade des 19. Jahrhunderts bis kurz vor Ende des Ersten Weltkriegs; 1981 folgte der Roman «Schöne Aussicht», der vor allem die zwanziger Jahre, die Geburt und Kindheit des Autors sowie den Beginn der Naziherrschaft umfaßt.

Damit war der Zyklus – nach nur zehn Jahren – vorläufig abgeschlossen. Aus diesem Anlaß trafen wir im August 1981 erneut zusammen und setzten unser Gespräch fort, dieses Mal in Frankfurt am Main, wo ich inzwischen lebte und arbeitete. Kempowski war zu Besuch in der Stadt, hatte sich gemeldet und war von mir zum Frühstück eingeladen worden. Es wurde ein munteres Interview. Auf der Tonspule von damals sind auch die Nebengeräusche festgehalten, das Klappern des Geschirrs, das Aufschneiden der Brötchen, das Aufschlagen eines Frühstückseis.

Und als einmal das Telefon klingelte, sagte der Gast: «Gehen Sie nur, das Tonband läuft ja. Ich beantworte Ihre Frage inzwischen.»

Als ich in die Küche zurückkam, sprach er immer noch, mit dem Brötchen in der Hand. Sein Tonfall verriet, wie wichtig es ihm war, sich zu erklären und zugleich auf seinen Eigenheiten zu bestehen. Er sprach mit fester Stimme, die gar nicht recht zu dem Mann mit den schmalen Schultern passen wollte. Schmal war auch sein Gesicht, dominiert von einer feinen Goldbrille und einem dezenten Schnauzbart, der im Gegensatz zu dem von Günter Grass so gar nichts Ausladendes hatte. «Wenn ich heute sehe», sagte Kempowski damals über die Arbeit am Romanzyklus, «was ich mir damals aufgeladen habe, in den späten fünfziger, frühen sechziger Jahren, wo ich bereits anfing, das Material zu sammeln, so ist es mir völlig unverständlich, wo ich den Mut hernahm und auch die Kraft. Wenn ich es noch einmal entscheiden müßte, würde ich sagen: Nein. Ich hätte nicht den Mut, das noch einmal anzufangen.»

Die Anerkennung, die er zu Beginn seiner Autorenkarriere bei der Literaturkritik genossen hatte, war zunehmend ideologisch gefärbter Skepsis gewichen, die um so heftiger wurde, je mehr sich Kempowski zum Erfolgsautor und Publikumsliebling entwickelte (woran die TV-Verfilmung des Romans «Tadellöser & Wolff» großen Anteil hatte). War die Vergegenwärtigung deutscher Geschichte als Familiengeschichte nicht allzu gemütlich und harmonisierend ausgefallen? Wurde das mit höchster Präzision vorgeführte Alltagsleben im bürgerlichen Ambiente kritisch oder nicht doch mit Sympathie geschildert?

Solche Fragen tauchten monoton immer wieder auf. Daß ein Roman kein politischer Kommentar ist, daß ein Autor seinen Figuren nicht ins Wort fallen und sie nicht denunzieren soll, während er ihnen auf die Finger schaut, das vergaßen manche Kritiker. Man verharmloste Kempowski zum spröden Außenseiter, spleenigen Freund des Bürgerlichen, zum allenfalls liebenswerten Sammler.

Ihn schmerzte das, er war empfindlich geworden. Ich hatte das schon zuvor zu spüren bekommen, als meine Rezension seines Romans «Ein Kapitel für sich» in der «Frankfurter Allgemeinen Zeitung» offenbar nicht zustimmend genug ausgefallen war. Er schrieb mir im November 1975 aus Nartum (inzwischen stand nur noch sein Name im Briefkopf, ergänzt um die Berufsbezeichnung «Landlehrer»): «Kritik kann ich vertragen, herabsetzende fast mehr als lobende. Ein wenig schade finde ich, daß Ihr Blick nicht tiefer reicht, wo wir uns doch so gut kennen und so oft über alles gesprochen haben.» Er schlug vor, die Rezension einmal «mündlich» durchzugehen, das werde vielleicht von Nutzen sein. Dazu ist es zwar nie gekommen, aber von heute aus gesehen kommt mir seine Reaktion verständlich vor: Es finden sich in meiner Kritik einige recht kleinliche und klischeehafte Einwände.

Noch in den siebziger Jahren hatte Kempowski damit begonnen, Autobiographien, Briefe und Tagebücher zu sammeln, zunächst von Menschen aus seiner näheren Umgebung. Später, zu Beginn der achtziger Jahre, intensivierte er die Suche, gab Annoncen in Zeitungen auf und gründete ein «Archiv für unpublizierte Biographien».

Daraus entstand irgendwann der tollkühne Plan einer Art kollektiven Tagebuchs der Jahre von 1943 bis 1949.

Dank des Computers war es möglich geworden, umfangreiche Texte zu speichern und immer wieder neu anzuordnen. Warum also sollte nicht eine Chronik von Tag zu Tag entstehen können, montiert aus den unterschiedlichsten Eintragungen und Aufzeichnungen der Zeitgenossen? Kempowski muß bald klar geworden sein, daß sich sein Projekt zu einer Lebensaufgabe auszuwachsen begann. «Damit werde ich mich wahrscheinlich den Rest meiner Tage beschäftigen», notierte er 1990 in seinem Tagebuch.

Endlich sah der Schriftsteller eine Möglichkeit, seiner Roman-Chronik eine über die autobiographische, individuelle Perspektive hinausweisende Ergänzung an die Seite zu stellen, in der die Schrecken des Krieges und das Grauen der Shoah, aber auch das Alltagsleben an der Front und daheim vielstimmig zur Sprache kommen konnten.

Viele Jahre arbeitete er weitgehend im Stillen daran. Er veröffentlichte neue Romane, schrieb Kinderbücher und komponierte Hörspiele aus Originaltönen («Beethovens Fünfte»). Als Nachzügler und endgültiger Abschluß der «Deutschen Chronik» erschien 1984 der Roman «Herzlich willkommen», der die ersten Jahre des Erzählers in der Bundesrepublik schildert. Damit war der Romanzyklus auf sechs Bände mit zusammen rund 2500 Seiten angewachsen, die Zeitspanne von 1885 bis 1960 umfassend. Im Roman «Hundstage» (1988) tauchte dann erstmals ein Alter ego Kempowskis auf, der Schriftsteller Alexander Sowtschick, der später noch einen starken Auftritt in dem Roman «Letzte Grüße» (2003) haben sollte.

Während all dieser Jahre schrieb der Unermüdliche auch noch ausführlich Tagebuch. Begonnen hatte Kempowski damit bei Kriegsende. Was der Jugendliche sich über den

Einmarsch der Roten Armee in Rostock notiert hatte, wurde allerdings bei seiner Verhaftung 1948 konfisziert und galt dann strafverschärfend als «antisowjetische Einstellung». Diese frühen Tagebücher hat er nie wiedergesehen. Nach der Haft setzte er neu an und schrieb bis an sein Lebensende.

«Jeden Tag kommen zehn, manchmal auch mehr Seiten dazu», hat er einmal verraten. Und den Satz hinzugefügt: «Ein Schriftsteller, der kein Tagebuch schreibt, ist irgendwie schief gewickelt, mit dem stimmt etwas nicht.» Es konnte allerdings vorkommen, daß er beim Wiederlesen vor allem der frühen Notizen unzufrieden mit sich selber war – was er wiederum aufschrieb, so im April 1983: «die Tagebücher von 1956/59, eklig, kitschtriefend, weltanklagend.»

Erst spät, 1990, begann er damit, Auszüge zu veröffentlichen, zunächst den Band «Sirius» mit Aufzeichnungen vornehmlich aus dem Jahr 1983. Darin finden sich auch die ersten Hinweise auf das entstehende «Echolot», auch manch verzagte Äußerung: «Archiv-Arbeit. War heute mutlos, da ich sie allein nicht bewältigen kann. Die Regale füllen sich. Wie soll ich die Biographien auswerten? Was soll ich zurückschicken? Erstmal nehme ich alles und behalte alles, das weitere wird sich finden. Gerade die Offenheit allen Formen des Lebens gegenüber – auch den ‹falschen› (also den Nazis) – garantiert, daß ich das Interessante bekomme.»

Damit hatte Kempowski ein entscheidendes Merkmal seiner Arbeit, vielleicht sogar seines Wesens angesprochen: Intuitiv wich er allem aus, was man heute gern als «political correctness» bezeichnet. Er war niemand, der in einem

Lebensbericht zu lesen aufhörte, nur weil ihm der Verfasser anrüchig erschien. Vielmehr interessierten ihn gerade die wunden Stellen, das, was peinlich ist und peinigend. Nie verlor er das Interesse an jenen, die versagt hatten. Er hörte zu, las weiter in ihren Aufzeichnungen.

Nur so konnte der gigantomanische Plan zu einer Kollektivchronik entstehen und letztlich gelingen. Ohne Neigung und Zuneigung war das nicht möglich. Mit einer Schere im Kopf ebensowenig. Trotzdem erkannte Kempowski bald, daß sein ursprüngliches Konzept, den Zeitraum von 1943 bis 1949 in Buchform zu erfassen, nicht zu verwirklichen war: Zehntausende von Seiten wären zusammengekommen.

Er entschloß sich, für eine erste Ausgabe eine bescheidenere Auswahl zu treffen, nämlich Januar und Februar 1943 – am Ende ergab auch das kaum weniger als 3000 Seiten. Damals war sein Plan, insgesamt vier historische Komplexe aus der Masse seines Materials herauszugreifen, die er mit den Stichworten «Stalingrad», «Invasion und 20. Juli», «Frühjahr 1945» und «Berlin-Blockade» kennzeichnete (für die Publikation änderte er die Auswahl und Anordnung dann noch einmal).

Im Sommer 1992 schrieb mir Kempowski einen Brief und fragte an, ob ich mir einen Vorabdruck vorstellen könnte. Er dachte an einen einzigen Tag, Neujahr 1943 – fünfzig Jahre danach. Ich wechselte damals gerade von der «Zeit» zum «Spiegel», und so war einer meiner ersten Vorschläge dort ein Artikel über das «Echolot»-Projekt mitsamt Auszügen daraus.

Der Chefredaktion schickte ich ein paar Stichworte zu dem Plan. «Ein wahnwitziges Unternehmen: Schon lange sammelt der Romancier fremde Tagebücher, Aufzeichnungen, Briefnachlässe, Fotoalben in seinem Archiv. Das Projekt existiert seit Jahren als Gerücht, ausführlich vorgestellt wurde es bisher nicht. Eine Auswahl der Texte von der Jahreswende 1942/1943 bietet sich zum Jahreswechsel 1992/1993 an. Reizvoll auch die graphischen Gestaltungsmöglichkeiten: Den meisten Stimmen (es sind bekannte Persönlichkeiten darunter, vornehmlich aber gänzlich unbekannte Schreiber) ist ein Foto beigefügt – für das Projekt insgesamt eine Art bildliches Leitmotiv.»

Pünktlich zum Jahreswechsel 1992/1993 wurde die Sache ins Blatt gerückt – die erste öffentliche Präsentation von Kempowskis Weltkriegs-Memorial, zugleich eine Ankündigung der «Echolot»-Kassette, die im Herbst 1993 herauskam (übrigens dann ohne die Porträtfotos der Betroffenen). Vielleicht werde sich das «Echolot», schrieb ich begleitend zum Vorabdruck im «Spiegel»-Schlußheft des Jahres 1992, «als eines der letzten großen Wagnisse dieses Jahrhunderts erweisen: eine kollektive Alltagschronik und -collage, gegen die sich einst die Folianten eines Arno Schmidt wie Broschüren ausnehmen könnten».

Ich erhielt von Kempowski umgehend einen der rührendsten Briefe, die ich je von einem Schriftsteller erhalten habe. Zitiert sei daraus, weil hier eine Saite seines Wesens anklingt, die er sonst gerne verbarg. «Ich habe etwas Ähnliches noch nie zu hören gekriegt», schrieb er am Heiligabend 1992 (das Heft war ihm vorab per Expreß zugestellt worden), «es kommt mir so vor, als sei ich erst jetzt angekommen. Vor genau 1 Jahr hatte ich meine schwere Krankheit, und ich habe mir in den letzten Tagen immer wieder die Frage gestellt, was hat dir dieses eine geschenkte Jahr gebracht? Jetzt weiß ich es, Sie haben für mich zusammengezogen und formuliert, zu was ich da bin und was ich bin.»

Nun wäre eigentlich zu erwarten gewesen, daß nach der «Spiegel»-Fanfare andere Kritiker dagegenhalten würden – doch nichts dergleichen geschah. In seltener Einmütigkeit priesen die Zeitungen bei Erscheinen der ersten «Echolot»-Lieferung im Herbst 1993 das Werk und seinen Magier. In der «Zeit» schwärmte Fritz J. Raddatz, Kempowskis «Riesen-Collage» habe eine solche Sprengkraft, «daß man das Gefühl hat, die Schädeldecke explodiert»; in der «Süddeutschen Zeitung» nannte Jörg Drews das «Echolot» ein «deutsches Lesebuch zur Epoche, ein Memorial von monumentalem Umfang»; und Frank Schirrmacher überbot in der «Frankfurter Allgemeinen» noch das allgemeine Lob: «Wenn die Welt noch Augen hat zu sehen, wird sie, um es in einem Wort zu sagen, in diesem Werk eine der größten Leistungen der Literatur unseres Jahrhunderts erblicken.»

Dann kam doch noch die Gegenrede, freilich eine matte. Johannes Willms belehrte – wiederum in der «Süddeutschen Zeitung» und unter der grimmigen Überschrift «Die Kritik in der Krise» – seine Kollegen im eigenen Blatt und anderswo, daß ein literarisches Werk unbedingt Stil und Fiktion aufweisen müsse. Davon könne aber im «Echolot» keine Rede sein. Denn die Kompilation verschiedener Texte habe naturgemäß keinen einheitlichen Stil – und ausgedacht sei das Ganze ebenfalls nicht.

Welch unangemessene Kriterien waren das angesichts dieses einzigartigen Werks, das unausgesprochen eine große Lücke füllt und für jenes Epos über den Zweiten Weltkrieg steht, das zu schreiben den deutschen Schriftstellern bis heute aus verständlichen und guten Gründen nicht gelungen ist. Es spricht für die Demut des Schriftstellers Kempowski, sich nicht anheischig zu machen, derlei ganz aus eigener Kraft stemmen zu können, sondern sich der Originaltöne zu bedienen, ohne etwas dazuzuerfinden oder zu stilisieren – statt dessen zeigt sich seine Kunst in der Montage der vielen Stimmen.

Selten zuvor ist diese Epoche derart nahegerückt, ungefiltert, die pure Gegenwärtigkeit. Es ist die Leistung eines Künstlers, diese Stimmen so angeordnet zu haben, daß sie sich gegenseitig ergänzen, erhellen und kommentieren. Ganz zu schweigen von der ernormen Vorleistung des Sammlers und Jägers Kempowski, das Material für diese Komposition überhaupt erst angelockt und angehäuft zu haben.

Nachts, wenn er nicht schlafen könne, sagte er mir 1993 in Nartum, stehe er manchmal auf und blättere in seinem Archiv in fremden Tagebüchern und Biographien. Das sei tröstlich. Aber immer wieder kamen er und die beiden Mitarbeiter, die er inzwischen hatte, an ihre Grenzen, wenn es um die endgültige Auswahl und Reihenfolge der Texte ging. «Hier drehen wir bald alle durch», schrieb er mir, als er die Abschrift des neuen Interviews mit vielen Korrekturen zurückschickte (wie schon bei den früheren Gesprächen wollte er auch noch einmal die letzte Fassung sehen, er war in allem sehr genau). Dieses Interview im September 1993 führten wir aus Anlaß des Erscheinens der ersten «Echolot»-Kassette.

Im April 1995 besuchte ich ihn erneut. Gemeinsam suchten wir wiederum für einen «Spiegel»-Abdruck Texte aus noch unveröffentlichtem «Echolot»-Material heraus. Dieses Mal waren Stimmen zum Kriegsende gefragt, Notizen vom 8. Mai 1945. Es war faszinierend, wie Kempowski, damals Mitte Sechzig, vor seinem großen Computer saß, einem Gerät im Wert von 16 000 Mark (wie er gern betonte), das ihm der Verlag zur Verfügung gestellt hatte. Es war für ihn eine Genugtuung, «daß ich das in meinem Leben noch gelernt habe». Dann las er sich an einer Stelle fest und seufzte. «Das Leid: das erträgt man eigentlich nicht.»

Über seine eigenen Kriegserlebnisse ließ er sich nur ungern aus. In seinem Roman «Tadellöser & Wolff» gibt es – aus Sicht des Knaben Walter – einige Andeutungen dazu. Doch erst ein Gespräch vor laufender Kamera zum Thema «Luftkrieg und Literatur» löste ihm die Zunge, aufgenommen im Februar 2000 in seinem Haus. Überaus anschaulich schilderte er seinen Überlebenskampf im Hamburger Feuersturm vom Juli 1943 und von anderen Erfahrungen bis 1945.

Im Jahr zuvor, 1999, war die zweite «Echolot»-Kassette erschienen, vier Bände mit zusammen rund 3400 Seiten – sechs Jahre nach der ersten Lieferung mit ebenfalls vier Bänden und rund 3200 Seiten, von der inzwischen knapp 50 000 Exemplare verkauft worden waren (davon etwa 18 000 als Taschenbuch). Dieses Mal hatte Kempowski die Zeit vom 12. Januar bis 14. Februar 1945 im Visier, jene knapp fünf Wochen, die zwischen dem Start der sowjetischen Großoffensive auf Hitler-Deutschland und der Bombardierung Dresdens lagen.

In dieser Sinfonie der Tausend tun sich abermals Abgründe zwischen der scheinbar banalen Notiz aus dem Alltag im Nazireich und den Szenen von Krieg und Völkermord auf. Auch die durch die Sowjetoffensive ausgelöste Fluchtwelle der deutschen Bevölkerung bleibt nicht ausgespart – was Kempowski in der «Frankfurter Rundschau» prompt den absurden Vorwurf einer «neudeutschen Unbekümmertheit» einbrachte. Der finstere Höhepunkt und das monumentale Schlußkapitel dieser «Fuga furiosa» (Untertitel), die mosaikartig komponierte Darstellung der Luftangriffe auf Dresden am 13. und 14. Februar 1945, nötigte freilich auch dem strengen «Rundschau»-Kritiker Bewunderung ab: «Das sind höchst aufschlußreiche und in einer solchen geradezu epischen Verdichtung bisher noch nie zusammengefaßte Dokumente.»

Mit den eigenen Schreckenserfahrungen im Bombenkrieg mußte sich Kempowski erneut auseinandersetzen, als es drei Jahre nach der Ausstrahlung seines mündlichen Berichts (innerhalb einer ZDF-Dokumentation vom März 2000) darum ging, eine schriftliche Form des Interviews zu erstellen. Er quälte sich regelrecht bei der Autorisierung. «Ich habe es nun zum zweiten Mal durchgesehen», schrieb er mir im Januar 2003, «und mir ist zum Kotzen dabei.» Solche Drastik war selten bei ihm. Es war ohnehin keine leichte Zeit für ihn. Seine Frau war bei einem Autounfall schwer verletzt worden und lag im Krankenhaus. Die Arbeit an weiteren Bänden des «Echolots» kam wieder einmal nicht voran – und nun dieses Interview.

«Wie ist es möglich, daß ein so intelligenter Mensch wie ich so saudumme, uninspirierte und gedankenarme Antworten geben kann», beschimpfte er sich selbst, beklagte sich aber auch darüber, daß bei der Abschrift und Überarbeitung zu wenig getan worden sei, «die Sache etwas anzuheben». Kurz und gut: «Am liebsten wäre es mir, wenn Sie mich aus dieser Fron entließen. Ich würde gern eine Viertelstunde Gartenarbeit bei Ihnen statt dessen ableisten.» Am Ende wurde dann doch eine Fassung erarbeitet, mit der er leben konnte – und in der die Kraft und Anschaulichkeit seines Erzählens erhalten blieb.

Der Schriftsteller Kempowski, Jahrgang 1929, erfuhr in seinen letzten Jahren noch eine Genugtuung besonderer Art. Der Mann, der als einstiges Opfer der Sowjet- und DDR-Justiz im intellektuellen Juste-Milieu der alten Bundesrepublik wenig gegolten hatte, auch weil er am SED-Sozialismus – anders als viele West-Linke bis hin zur SPD – kein gutes Haar ließ, wurde von jungen Autoren entdeckt, die sich, frei von ideologischen Scheuklappen, beeindruckt von Umfang und Vielfalt seiner Arbeiten zeigten. Plötzlich wurde sogar «sein Außenseitertum» – wie von Malin Schwerdtfeger (1972 geboren) – als sympathisch empfunden.

Erstaunt wurde zur Kenntnis genommen, daß ein einzelner unbeirrbarer Kopf hinter diesem literarischen Kosmos stand: vom Debüt «Im Block» bis zu den «Echolot»-Collagen, von der «Deutschen Chronik» bis zu den Romanen wie «Hundstage» und «Letzte Grüße», federleichten und selbstironischen Berichten aus dem Leben des fiktiven Schriftstellers Sowtschick – nicht zu vergessen schließlich die umfangreichen Tagebücher.

Einer der ersten jüngeren Autoren, die sich für den einstigen Dorfschullehrer begeisterten, war Benjamin von Stuckrad-Barre, Jahrgang 1975, der heimlich eines der Literaturseminare in Kempowskis Haus besuchte. Stuckrad-Barre lud den verehrten Meister 2001 mehrmals als Gast in seine Sendung «Lesezirkel» beim Musiksender MTV ein.

Tanja Dückers, 1968 geboren, bekannte, von Kempowskis Arbeit «beeinflußt und beeindruckt» zu sein, und Karen Duve, Jahrgang 1961, erklärte in einem Interview unumwunden ihre Bewunderung.

Selbst in Internet-Zirkeln avancierte Kempowski zur festen Bezugsgröße in den literarischen Debatten. Die «Tageszeitung» sah ihn gar in der «Position eines heimlichen Klassikers und Gründungsvaters» – und einer wie Rainald Goetz, Jahrgang 1954, wurde anerkennend als «Kempowski des Pop» («Die Zeit») charakterisiert.

Im Mai 2007 wurde der schon schwerkranke Schriftsteller zu seiner Freude in Berlin mit einer großen Ausstellung geehrt: «Kempowskis Lebensläufe». Bei der feierlichen Eröffnung am 19. Mai in der Akademie der Künste am Pariser Platz hielt der 1951 geborene Schriftsteller Martin Mosebach eine außergewöhnliche Laudatio. Kempowski, so Mosebach, sei derjenige unter den «heute rund achtzigjährigen Schriftstellern, der in der Generation der heute Vierzigjährigen die meiste Beachtung, ja Bewunderung» finde. «Alt werden heißt oft genug ein Publikum verlieren – er, der zu keinem Zeitpunkt seiner Laufbahn um Publikum verlegen war, hat in seinen vorgerückten Jahren erst die Leser gefunden, die seinen Rang entdeckten.»

Das letzte Tagebuch, das Kempowski noch zum Druck vorbereiten konnte, trägt den schlafwandlerisch schönen Titel «Somnia», es enthält Notizen aus dem Jahr 1991. Auch hier zeigt er sich wieder so launig und eigenwillig, verbittert und lebensklug wie zuvor schon in den Tagebüchern «Sirius» (1990), «Alkor» (2001) und «Hamit» (2006). Nicht ohne Stolz notierte Kempowski in einer der später für den Druck hinzugefügten Selbstkommentare (zumeist aus dem Jahr 2007, als er das Manuskript noch einmal durchsah), daß sich seine Tagebücher jeweils rund 10000-mal verkauft haben: «Die Leser gewöhnen sich allmählich an dieses Genre.»

Noch einmal erfährt sein Publikum in «Somnia«, wie Kempowski 1991 voller Selbstzweifel mit dem Abschluß der ersten Lieferung seiner später so erfolgreichen «Echolot»-Collage rang: «Nachmittags deprimierendes Grundgefühl, eine Art Lebensekel», heißt es, und sogar: «Der Selbstvernichtung nahe.» Es mehren sich die Erschöpfungszeichen. Gleichzeitig notiert Kempowski tagesaktuelle Ereignisse. Der O-Ton-Sammler streut auch eine Reihe von Kommentaren zur Wiedervereinigung in das Tagebuch ein. Jede Art von DDR-Nostalgie ist ihm zuwider: «Haben wir denn alles falsch gemacht? fragen die Leute aus der DDR. Antwort: Leider ja.» Und natürlich gibt es wieder wunderbare Alltagsbeobachtungen: «Kuh jagt vor meinem Fenster Huhn. Meine Sympathien liegen auf Seiten der Kuh. Was für ein gewaltiges Gedärm müssen sie dauernd mit sich herumtragen.» Die Notizen enden am 21. Dezember mit einem Schlaganfall Kempowskis – er setzte das Wort «Schlaganfall» fast ein wenig trotzig in Großbuchstaben.

Ein großes, ein gewaltiges Lebenswerk hat Kempowski in vier Jahrzehnten auf die Beine gestellt, mit dem «Echolot» als wesentlichem Bestandteil – und das alles vielleicht nur, um sich möglichst genau an die eigene Kindheit und Jugend zu erinnern, auf jener ewigen Suche, wie sie viele Schriftsteller umgetrieben hat und die einer von ihnen, Marcel Proust, so genial zum Titel seines Romanwerks gewählt hat: der Suche nach der verlorenen Zeit.

Im Mai 2007, mehr als 35 Jahre nach unserer ersten Begegnung, schrieb mir Kempowski aus dem Krankenhaus mit fragiler Schrift eine Karte: «Werden wir noch einmal in den 4 Jahreszeiten ‹speisen›? Ich fürchte nein. Aber hinziehen kann sich mein Zustand, der Mensch ist ja zäh.»

Düstere Titel trugen seine letzten Veröffentlichungen: «Culpa», also Schuld, und «Alles umsonst». Auf seinen Wunsch hin wurde im Oktober 2007 bei der Trauerfeier in Nartum, im Kempowski-Haus «Kreienhoop», Psalm 130 angestimmt, mit den Zeilen: «Bei dir gilt nichts denn Gnad und Gunst, / die Sünde zu vergeben; / es ist doch unser Tun umsonst / auch in dem besten Leben.»

Alles umsonst? Das war Kempowskis Tun gewiß nicht, und er wußte es – auch wenn ihn ein Gefühl von Schuld und Unzulänglichkeit nie zur Ruhe kommen ließ. Die enorme, bisweilen fast unheimliche Kraft, die dieser schmächtige Mensch aufbrachte, um ein derartiges Werk zu schaffen, hat ihm schon zu Lebzeiten das große und begeisterte Publikum beschert, das er verdiente. Und der Ruhm von Walter Kempowski, da bin ich ganz gewiß, wird weiter wachsen.

Hamburg, Dezember 2008

1 «Eine Art Gedächtnistraining»

Interview in Nartum, Januar 1972

FRAGE: Vor Ihrem Roman «Tadellöser & Wolff» steht, sozusagen als Motto: «Alles frei erfunden!» Warum?

WALTER KEMPOWSKI: Das ist natürlich ein Witz. Das Motto war aber auch als Schutz gedacht. Es könnten sich Leute wiedererkennen, obgleich ich die Personen alle ein bißchen «gemixt» habe. Und eine Frau hat mir tatsächlich geschrieben, ich wüßte ja gar nicht, was ich ihr antäte, daß ich sie darin erwähne – dabei wollte ich ihr was Gutes tun ...

FRAGE: Würden Sie protestieren, wenn man Ihr Buch eine Autobiographie nennt?

KEMPOWSKI: Nein. Autobiographie ist ja nichts Schlechtes. Man ist jetzt vierzig, hat genügend Erfahrungen, und diese Erfahrungen bilden den Boden für dieses Buch.

FRAGE: Marcel Proust sagte einmal in einer Kontroverse mit André Gide, man könne alles über sich schreiben, unter der einen Bedingung, daß man nie «Ich» sage. Halten Sie das für übertrieben?

KEMPOWSKI: Ja. Aber zum Beispiel gewisse sexuelle Dinge – ich würde nicht mögen, wenn das andere lesen. Das ist eine Frage der Scham. Ich habe «mich» eigentlich konsequent ausgelassen. Ich bin Zuschauer der Szenerie.

FRAGE: «Autobiographien versäumen es, die Ähnlichkeit

zu treffen, indem sie der Wahrheit nachjagen», sagte Frank Swinnerton, ein Freund von H. G. Wells.

KEMPOWSKI: Ja, das stimmt. Die Wahrheit ist das dem Blick Verstellte. Sie lebt nur unter der Decke der Erscheinungen, wie Schiller in bezug auf «Natur» sagt. «Das ist gar nicht dein Vater», sagen mir Bekannte. Er ist also nicht «ähnlich» geworden. Und doch ist er das, was er in Wirklichkeit war: ein Mensch, mit dem man Mitleid haben muß.

FRAGE: Beim Lesen des «Tadellösers» ist man immer wieder überrascht durch die Genauigkeit der Einzelheiten. Wo haben Sie diese Erinnerungskraft her?

KEMPOWSKI: Ich brauchte im Zuchthaus nicht zu arbeiten. Als ich in der Zelle saß, dachte ich über die Nazizeit nach, über das Elternhaus. Tausend Bilder. Ich habe mir anfangs diese Vergangenheit zurecht gemacht wie einen kitschigen Farbfilm. Nachdem ich lange genug geschwindelt hatte, fragte ich weiter und immer spezieller, um endlich durchzustoßen zu dem, was «dahinterlag», unter der Oberfläche also. Ich hab' auf meiner Pritsche gelegen, mir Augen und Ohren zugeklemmt und mir zum Beispiel vorgestellt: Was hast du am 1. April 1938 gemacht? Es ist natürlich ausgeschlossen, das völlig zu rekonstruieren, aber man kann einkreisen, sich Gebiete erschließen, an die man zuvor nicht dachte, wie lebten damals die Eltern, welche Freunde hatte man usw. Oder die Wohnungseinrichtung bis auf den Tapeziernagel genau. Im Zuchthaus habe ich viel Zeit damit verbracht, mein Gedächtnis aufzufrischen.

FRAGE: Eine Art Gedächtnistraining?

KEMPOWSKI: So kann man sagen.

FRAGE: Sie haben aber auch Material verwendet?

KEMPOWSKI: Als ich wieder frei war und hier in der Bundesrepublik nicht als politischer Häftling anerkannt wurde – man sagte, das hast du selbst verschuldet, du wolltest «das Vaterland retten», sieh zu, wie du da wieder rauskommst –, in dieser Situation habe ich mich dann wieder in die Erinnerung geflüchtet und den Kreis erweitert. Ich habe meine Mutter vors Tonbandgerät geholt und sie alles erzählen lassen, später auch andere Verwandte, und so meine Erinnerungen ergänzt. Dazu kamen Hunderte von Fotos, die ich mit der Lupe nach Erinnerungspartikeln absuchte. Das war die zweite Auffrischung des Gedächtnisses. Die dritte ereignete sich dann erst während des Schreibvorgangs. Weil ich nun gezielt suchen konnte, habe ich auch auf Bücher zurückgegriffen, auf alte Adreßbücher und Zeitungen.

FRAGE: Wie lange haben Sie an «Tadellöser» geschrieben?

KEMPOWSKI: Das ist schwer zu sagen. Geschrieben von Herbst 1968 bis Herbst 1970, zwei Jahre. Das ist für so ein dickes Buch nicht viel. Das jetzt entstandene «Missing Link» habe ich noch schneller geschrieben. Ich habe angefangen im Januar 1971 und wurde im März 1972 fertig. Wenn man aber das Materialsammeln dazu rechnet (und das muß man wohl), dann kommt man auf zehn Jahre oder mehr.

FRAGE: Wie sind Sie zu Ihrem Stil gekommen?

KEMPOWSKI: Im Knast verfaßte ich auf Schiefertafeln oder Topfböden Gedichte wie Rilke, die Gott sei Dank alle abhanden gekommen sind, dann schrieb ich wie Kafka, einen kleinen Roman von 70 Seiten, an dem ich heute noch hänge, obgleich er nie einen Verleger gefunden hat. Alle Personen darin fingen mit «K» an, um zu zeigen: Ich bin mir der Kafka-Nachfolge bewußt. Nach einigem Rumfummeln habe ich mir gesagt: Du solltest im «Familienton» schreiben, in dem dir eigenen Ton. Leicht gesagt! Aber allmählich bin ich auf diesem Wege zu einem eigenen Stil gekommen. Ich lese wenig, schon aus Zeitmangel; ich suche mir nur das Beste heraus. Johnsons «Jahrestage» habe ich von der ersten bis zur letzten Seite gelesen, weil ich das Gefühl hatte, hier hat jemand etwas ganz Ähnliches beschrieben, aber doch so anders, daß ich nicht «eifersüchtig» zu sein brauchte. Ein großes Vorbild ist Céline, der Franzose, von ihm ist das in Trümmer fallende Reich großartig geschildert worden. Auch Gottfried Keller ist anregend gewesen, der wohl nicht so «en vogue» ist, jedenfalls ernte ich seinetwegen immer ein mitleidiges Lächeln. Ich glaube, man sieht nicht seinen grotesken Humor; ich habe bei ihm viel gelernt. Und Christian Morgenstern. Italo Svevo. Arno Schmidt. Kafka erwähnte ich ja schon, den Großen.

FRAGE: Und Thomas Mann? Er hat ebenfalls den Roman einer Familie geschrieben, die auseinanderfällt. Was ist der Unterschied, was ist gemeinsam?

KEMPOWSKI: Auch Thomas Mann. Von den «Buddenbrooks» sind ja gewisse Parallelen zum «Tadellöser» zu ziehen. Ich kenne den Roman natürlich sehr gut, ich habe ihn bestimmt vier- oder fünfmal gelesen. Der große Unterschied ist, daß Thomas Mann sehr viel kommentiert und ich überhaupt nicht. Bei mir wird auch nicht der Verfall einer Familie beschrieben, wohl im «Tadellöser», aber das Projekt spannt sich ja weiter, es geht später wieder «aufwärts». Und ich sehe in diesem «Wiederaufwärts» eigentlich etwas viel Schlimmeres als im Verfall: Etwas, das sich auflöst, geht ein in ein anderes, aber etwas, das sich wieder etabliert, das heißt alle Fehler zementieren.

FRAGE: Sie haben ja eine recht eigenwillige Arbeitstechnik entwickelt. Könnten Sie kurz erklären, wie Ihre Schreibtischarbeit aussieht?

KEMPOWSKI (zögernd): Muß das sein? Man hat jetzt schon soviel über diese Zettelarbeit gesprochen, es widerstrebt mir eigentlich, das noch mal auszuwalzen. Es kommt darauf an, sich selbst zu überlisten, immer auf dem Sprung zu sein. Man hat oft Einfälle, die sofort wieder weg sind, also: Zettel bei sich haben und alles, prinzipiell alles notieren! Gerade das, was man nicht aufschreiben will, weil man glaubt, das ist ja läppisch, gerade das ist wichtig. Und diese Zettel dann in ein System bringen und wie ein Weinbauer warten, bis sich die Sache «gesetzt» hat. Man muß viel Geduld haben; und erfahrungsgemäß ist die Hälfte der Zettel nicht brauchbar. Dann muß aufeinander abgestimmt, geglättet werden. Und irgendwann entsteht aus diesen ausgewählten Zetteln ein Buch, auch wenn man das anfangs nicht für möglich hält.

FRAGE: Das ist ja eine Art Lebensform, dieser Zwang, dauernd Zettel bei sich zu haben. Stört Sie das nicht manchmal?

KEMPOWSKI: Nö. Nur die Umgebung ist eingeschüchtert und verstummt. Ich mache das gern. Ein Angler ist ja auch nicht wütend, wenn er was fängt.

FRAGE: Was die Menschen reden, zeigt, wie sie denken.

Sollen die Personen Ihres Romans durch ihre Sprache entlarvt werden? Kreiden Sie ihnen die Sprache an?

KEMPOWSKI: Nein. Das Wort «entlarven» würde ich nicht benutzen. Die Personen meines Romans sind ja keine Spitzbuben. Sie sollen gekennzeichnet werden: Was ist mit denen eigentlich los? Wenn man auf die Sprache achtet, dann sieht man auch dahinter, auf das Leid, auf das Erbärmliche des Individuums. Ich will mich in dem Buch ja nicht über die Menschheit lustig machen. Wenn man das wollte – das könnte man sehr leicht haben. Im Gegenteil: Zwar soll das Groteske gezeigt werden, dahinter aber das erbarmungswürdige Menschliche, das uns allen gemeinsam ist. Ich will nicht das Gelächter, sondern mehr Verständnis. Nicht entlarven, sondern die Larven zeigen.

FRAGE: Lassen Sie uns noch etwas bei Ihrem letzten Roman bleiben. Sie enthalten sich im «Tadellöser» der Wertung. Ist das nicht gefährlich?

KEMPOWSKI: Nein. Ich halte den Leser für intelligent genug, seine Schlüsse selber zu ziehen. Die Auswahl übrigens, die ich treffe, ist tendenziös. Tendenziös aber nicht im Sinne einer Richtung, in die ich den Leser drängen will, denn ich weiß nicht, wo es hingehen soll, diese Verantwortung kann ich nicht auf mich nehmen: Ich präsentiere keine Rezepte, das muß jeder selber machen – und doch richte ich an.

FRAGE: Besteht nicht die Gefahr, daß ein gewisser Typ von Vater seinem Sohn das Buch mit der Bemerkung überreicht: «Schau nur, so harmlos war das damals alles!»

KEMPOWSKI: Dazu wird das Buch ungeeignet sein. Denn im «Tadellöser» steht viel Schlimmes. – Wie wollen Sie heute einen Menschen der älteren Generation noch dahin bringen, daß er freiwillig ein Buch über die Nazizeit liest? Der größte Teil meiner Leser wird in dieser älteren Generation zu finden sein. Wie kommt das? Sie lesen es, obwohl es sich mit der Nazizeit beschäftigt und auch bittere Wahrheit drinsteckt: Das macht, daß sie gut verpackt ist, wie bittere Medizin unter süßer Couverture. Der von Ihnen zitierte Mann wird tatsächlich noch einmal ein Buch über die Nazizeit lesen, weil ihm die Perspektive gefällt, und vieles von dem, was er verdrängt hat (wenn er etwas verdrängt hat, es gibt ja auch kritische Leute aus der älteren Generation), wird plötzlich wieder dastehen. Und es besteht dadurch die Chance, daß er sich auch an all das Schlimme erinnert. Daß das Buch von der älteren Generation auch als Witzbuch mißbraucht werden kann, ist möglich. Man kann auch die Bibel als Zigarettenpapier benutzen. Vor Mißbrauch ist nichts geschützt. Was die jüngeren Leute betrifft, so können sie in dem Buch Strukturen erkennen, die denen ihrer Gegenwart ähneln. Die bürgerlichen Strukturen sind ja fast die gleichen geblieben. Und wenn der Vater das Buch seinem Sohn gibt, kann ich nur wünschen, daß er es wirklich liest, um zu prüfen, ob sein Vater recht hat. Die «Harmlosigkeit» – ich finde, diese Harmlosigkeit neben dem Grauenhaften ist ja viel schlimmer, als wenn ich jetzt nur Grauenhaftes beschreibe. Gerade die Idylle bringt den Leser ja dazu, nach dem Grauenhaften zu fragen. Wenn in einem Roman das Grauenhafte überwiegt, so könnte es doch sein, daß der Leser sagte: «Ich will das alles nicht, weg damit! Das hängt mir zum Halse raus!» Ganz abgesehen davon, daß ein solches

Buch nicht «stimmte», denn in der Nazizeit hat es auch Windschatten gegeben.

FRAGE: Glauben Sie, daß auch jemand, der nicht dabei war, all diese Redensarten, Tageswitze aus dem Kriegsalltag versteht?

KEMPOWSKI: Doch, das hoffe ich. Man kann ja auch Fremdsprachen lernen.

FRAGE: Sind Sie eigentlich sicher, daß Ihr Leben so exemplarisch war? Zum Beispiel: Sie kämpften als Junge um Ihre langen Haare gegen die Überfälle der HJ und die Bitten der Mutter, ähnlich wie auch heute junge Leute mit ihren Eltern im Kampf liegen. Diese Einstellung zur Autorität – war sie damals unter den Jugendlichen wirklich verbreitet? Oder konnte der junge Walter Kempowski sich das vielleicht nur deswegen leisten, weil sein Vater Offizier war?

KEMPOWSKI: Nein, das hatte nichts damit zu tun. Das hätte einen nicht geschützt. Geschützt hat einen vielleicht, daß man in die Bürgerschicht gehörte, daß man auf der höheren Schule war und daß die Familien in dieser kleinen Stadt sich untereinander kannten: «Pimpfen» passierte eigentlich nichts. Ich selbst habe keinen Fall erlebt, wo die Eltern dafür verantwortlich gemacht wurden, daß die Kinder Jazzmusik hörten. Hätte ich allerdings erzählt: «Meine Eltern hören jeden Tag BBC», so wäre das natürlich ins Auge gegangen. Das war ein strafbarer Tatbestand. Jazzmusik nicht, langes Haar auch nicht – 50 Mark hat meine Mutter mal bezahlen müssen.

FRAGE: Eine kleine Frage am Rande: Im Buch erscheinen die Namen Handke und Michael Krüger. Ist das Zufall oder eine Anspielung auf Persönlichkeiten der Literaturszene – so eine Art Branchenwitz?

KEMPOWSKI: Es gibt da so kleine Geheimnisse ...

FRAGE: Wenn Sie heute auf «Tadellöser & Wolff» zurücksehen: Was hätten Sie gern anders gemacht? Was werden Sie bei den folgenden Arbeiten beachten?

KEMPOWSKI: Jedes Buch ist ein Kompromiß: ein Annäherungswert an das, was man will. Irgendwann muß man es abschließen. Zu der Anlage des Buches stehe ich auch heute noch. Daß ich mich über manche Stelle, die stehengeblieben ist, ärgere, ist eine andere Frage.

FRAGE: Bevor wir auf Ihren neuen Roman zu sprechen kommen, sollten Sie vielleicht kurz Ihre Planung erläutern. «Tadellöser» behandelt die Zeit von 1939 bis 1945. Das Buch, das Sie gerade fertigstellen, mit dem Arbeitstitel «Missing Link», also das fehlende Glied zwischen diesem Buch und dem bereits vorher erschienenen Haftbericht «Im Block», schließt sich zeitlich an. Wie geht es weiter, in welchen Etappen, und wann werden die Teile erscheinen?

KEMPOWSKI: Im Band 1 («Tadellöser & Wolff») breite ich die Landschaft aus: das Plateau mit all den Figuren, die sich darauf befinden. Im Band 2 «Uns geht's ja noch gold» (Arbeitstitel «Missing Link») gerät die Geschichte ins Rutschen, als wenn ein Tisch umkippt. Im Band 3 («Im Block») wird gezeigt, wie sich der Bürger der «heruntergerutscht» ist, in einer solchen Ausnahmesituation verhält: Die Ausnahmesituation zeigt in einer ungewöhnlichen Verdichtung das «Menschliche». Der Bürger verhält sich im Zuchthaus nicht anders als «draußen»; man besucht sich, man ist höflich zueinander,

Konventionen werden aufrechterhalten. Geschäfte werden getätigt, selbst «Standesunterschiede» werden respektiert. Band 4 wird in ähnlicher Weise wie Band 1 und 2, auch stilistisch, zeigen, wie diese Familie sich hochrappelt und vor lauter Wiederaufbaugedanken das Wesentliche, was sie eigentlich aus der Katastrophe lernen müßte, vergißt. Insofern ist auch das eine exemplarische Entwicklung: Wie tausend andere Familien kommt die Familie Kempowski vor lauter Arbeit nicht zum Nachdenken. Und Band 5 schließlich praktisch die gleiche Situation wie in Band 1 – die Figuren des Plateaus stehen wieder.

FRAGE: Ist das schon chronologisch aufgeteilt?

KEMPOWSKI: Band 1 also bis 1945. Band 2 bis '48. Band 3 bis '56. Band 4 bis '60. Und der letzte Band endet mit dem Auftreten der ersten Hippies. Das ist dann sozusagen nicht mehr mein Thema; ich wollte zeigen, wie die bürgerliche Gesellschaft sich restauriert. Sicher kann man kommen und sagen: «Das ist doch banal!» – aber gerade dieses Banale ist ja das Grauenhafte, gegen das wir nicht ankommen; wir sitzen ja alle mit drin. Sie lernt nichts, diese Gesellschaft, und wird also, so kann man vermuten, irgendwann wieder so eine Talfahrt antreten müssen. Das Auftreten der Hippies, damals um 1963, erscheint mir als neuer Aspekt: die Wohnkommunen, die angebliche oder auch wirkliche Friedfertigkeit, die Verachtung alles Bürgerlichen, der Kleidung, des Berufes – was von mir als wünschenswerte Reaktion auf die Etablierung bejaht wird. Aber ich selbst bin ja kein Hippie. Leider! muß ich sagen. Ich kann mich nicht mehr lösen, ich bin dazu zu alt. Das muß ein anderer schildern, der selbst dabei war, der in Amsterdam unter dem Nationaldenkmal gelegen hat. So einer wie Hubert Fichte kann das. Ich nicht.

FRAGE: Das war die «inhaltliche Zeit». Wann werden die Bücher erscheinen?

KEMPOWSKI: «Uns geht's ja noch gold» in diesem Herbst. «Buch 4» wird hoffentlich 1975 erscheinen, und 1978/1979 müßte alles ausgestanden sein (wenn nicht vorher die in der Tendenz angedeutete «Panne» das Bürgertum trifft).

FRAGE: Haben Sie im neuen Buch Ihren Stil beibehalten?

KEMPOWSKI: Weniger Konjunktiv, mehr direkte Rede. Ich finde, der Konjunktiv im «Tadellöser» hat etwas in die Vergangenheit Weisendes, das auch die Erstarrung ausdrückt. Während die Konfrontation mit Hunger, Elend und Trümmern in «Uns geht's ja noch gold» mehr zur direkten Rede zwingt. Auch die Auseinandersetzung mit den politischen Gegebenheiten ist stärker, es wird mehr diskutiert als in der Nazizeit, nach meiner Erfahrung – ich weiß nicht, ob das stimmt.

FRAGE: Der formale Aufbau Ihrer Romane, den man vielleicht beschreiben könnte als mosaikartige, pointiert-zugespitzte, dabei doch chronologische Ablaufform – wie ist das entstanden?

KEMPOWSKI: Er hat sich aus der Kurzgeschichte entwikkelt. Meine Romane sind Großformen, in denen eine Ballung von Kleinformen aufgeht (wie ich hoffe, zu ihrem Vorteil). Die einzelnen Textblöckchen, die Zellen, sind recht bewußt konstruiert. Und die Leerzeile hat natürlich nicht den Sinn, wie einmal ein Kritiker meinte, mehr Seiten herauszuschinden (ich bekomme ja nicht nach Seiten bezahlt), sondern sie soll das Lesen erleichtern. Ich habe die Goutierbarkeit immer im Auge. Ich finde, man sollte so schreiben, daß auch die sogenannten einfachen Leute das lesen können.

FRAGE: Ihre Schreibform ergibt auch, daß Sie selbst als Schreibender – als schreibendes Ich – draußen bleiben. Damit stehen Sie im Gegensatz zu einer Reihe von Kollegen, deren Schreiben nicht zuletzt von Schreibproblematiken bestimmt ist.

KEMPOWSKI: So wie Walser im «Einhorn»?

FRAGE: Da ist es sehr deutlich. Ich denke auch an Autoren wie Jürgen Becker. Warum fehlt diese integrierte Reflexion der eigenen Bedingungen bei Ihnen?

KEMPOWSKI: Weil ich das Schreiben selbst nicht so wichtig nehme. Wenn ich so etwas bei anderen lese, dann langweilt mich das, ehrlich gesagt.

FRAGE: Nun rückt die Zeit, in der Ihre Romane spielen, immer näher an die Gegenwart. Glauben Sie, daß Sie die Gegenwart mit den gleichen Mitteln bewältigen können wie die Vergangenheit, die doch überschaubarer ist?

KEMPOWSKI: Die Zeit bis 1963 technisch mit den gleichen Mitteln: ja. Unter «technisch» verstehe ich das Stoffsammeln; und ich habe schon genug Stoff beisammen, so daß mir von dieser Seite um die Bewältigung nicht bange ist. Die stilistischen Mittel werden sich sicher ändern; die ändern sich von Buch zu Buch, von Thema zu Thema. Natürlich habe ich nach jedem Buch mehr Schreiberfahrung, ich habe mehr gelernt, auch durch die Kritik, die sehr hilfreich sein kann (ich stehe der Kritik nicht so ablehnend gegenüber wie viele Autoren, ab und zu nehme ich mir Dinge zu Herzen). Man weiß jetzt:

Wie deutlich muß ich eigentlich werden, damit man mich versteht? Möglicherweise werde ich, je weiter ich fortschreite, faktenärmer werden, dafür fiktionsreicher, weil ich mehr Zutrauen zu meiner eigenen Erfindungsgabe bekomme.

FRAGE: Glauben Sie, daß Sie sich selbst, je näher Ihnen die eigene Geschichte «auf die Pelle» rückt, mit gleichbleibendem Abstand und Verzicht auf Wertung darstellen können?

KEMPOWSKI: Ich bin nicht Mittelpunkt der Romane, aber ich komme darin vor. Ich sehe mich selbst sehr unklar.

FRAGE: Haben Sie neben Ihrem großen Projekt noch weitere Arbeiten laufen?

KEMPOWSKI: Ja, Sachen, die mehr am Rande liegen. Ein Buch über Hitler, das vielleicht im nächsten Jahr erscheint. Dann haben wir Filme vor, was mir viel Spaß macht, weil ich hauptsächlich optisch arbeite. Hörspiele sind nicht so sehr mein Fall; ich fühle mich da etwas unglücklich, mein Optimum liegt da nicht.

FRAGE: Warum leben Sie hier auf dem Land?

KEMPOWSKI: Man wohnt hier besser. Ich habe meine Ruhe in jeder Hinsicht. Und ich habe hier auch die Möglichkeit, meine Freunde bei mir wohnen zu lassen; die kommen dann für mehrere Tage, und man kann in Ruhe diskutieren, wirklich ausdiskutieren – nicht bloß eine Nacht reden, und am nächsten Tag weiß keiner mehr, was er gesagt hat. Man muß doch einen Menschen aus seiner ganzen Person heraus verstehen; das kann man nur, wenn man mehrere Tage mit ihm zusammen ist. Wir haben hier alle Vorteile der Stadt, ohne ihre Nachteile zu haben. Wir wohnen an der Autobahn. Sie haben ja gesehen, wie schnell man hier ist aus Hamburg. Freunde haben wir genug hier, auch «Künstler». Ich verkehre gern mit Malern, die haben ein deutlicheres Formverständnis als Schriftsteller. Die Schriftsteller fangen immer gleich an zu philosophieren; das interessiert mich nicht. Mich interessiert die Form, das Stilistische. Gut und schlecht finde ich übrigens, daß ich Lehrer bin. Gut ist es, weil ich den Kontakt zur Gegenwart nicht verliere: Man muß sich immer wieder stellen. Schlecht, weil ich doch manchmal daran denken muß, wenn ich morgens vor der Klasse stehe: Diese Zeit könntest du jetzt besser verwenden. Das ist aber ein Gedanke, den man unbedingt bekämpfen muß. Man muß sich einfach klarmachen, daß in der Klasse 30 Kinder sitzen, das heißt 30 Menschen, denen keiner ganz gerecht werden kann. Deswegen ist es einfach ein Denkfehler, wenn mir manchmal durch den Kopf schießt: Hier bist du unterbeschäftigt!

FRAGE: Abschlußfrage: Wie fühlen Sie sich eigentlich so als Schriftsteller, Herr Kempowski?

KEMPOWSKI: Wie andere Leute als Kind Lokomotivführer werden wollten, so wollte ich Schriftsteller werden. Ich bin es sehr gern und fühle mich erfüllt. Ich hasse es, mich ins Schreiben hineinzusteigern und dann Stunde um Stunde in einem Rausch zu sein. Wenn ich das bemerke, mache ich Schluß und gehe spazieren. Ich kann überall schreiben: im Zug, im Auto (wenn meine Frau chauffiert) – morgens, mittags oder nachts, ganz egal. Unbeschreiblich dann der Augenblick, wo man das fertige Buch in der Hand hält.

2 Noch einmal Bautzen

Der Roman «Ein Kapitel für sich»

«Tadellöser & Wolff» – das war die Familiengeschichte der Kempowskis, die es sich gemütlich eingerichtet hatten in finsterer Zeit: Der Roman beginnt Ende der dreißiger Jahre und führt bis 1945. «Uns geht's ja noch gold» – das war die Fortsetzung: das nicht mehr ganz so gemütliche Leben in dem von den Sowjets eingenommenen Rostock der Nachkriegsjahre, 1948 jäh abbrechend mit der Verhaftung des gerade 18jährigen Walter Kempowski. Er hatte zusammen mit seinem Bruder den Amerikanern Frachtbriefe aus dem Kontor der väterlichen Reederei zukommen lassen, aus denen hervorging, was die Sowjets aus ihrer Besatzungszone fortschafften.

Über die acht Jahre währende Haftzeit im zunächst sowjetisch, später von der DDR verwalteten Gefängnis Bautzen hat der 1929 geborene Hauptschullehrer und Schriftsteller in seinem Romanbericht «Im Block» (1969) geschrieben, der bereits die typische Handschrift der späteren Romane zeigt: das mosaikartige, pointiert-zugespitzte, dabei doch chronologische Häppchenverfahren.

Für treue Kempowski-Leser – und man kann heute, im Jahr 1975, schon von einer Gemeinde sprechen – stellte sich bislang die Frage, ob der «Block» nun die endgültige Fortsetzung von «Uns geht's ja noch gold» darstellt (das eine Buch beginnt mit denselben Worten dort, wo das andere aufhört). Mit dem neuen Roman «Ein Kapitel für sich» ist das geklärt: Darin wird die ganze Haftzeit noch einmal dargestellt, nur ausführlicher. In das Konzept der übrigen Romane, die ja Familiengeschichte sind, wollte es schlecht passen, plötzlich – im «Block» – nur noch von einer Person, dem Ich-Erzähler Walter Kempowski, zu lesen. Nicht ohne Berechtigung wurde dabei wohl auch auf die Neugier der Leser spekuliert: Die familiäre Fortsetzungsstory liest sich gewiß auch interessanter als der reine Haftbericht eines einzelnen.

Tatsächlich ist die Erweiterung dem Werk gut bekommen. Sie sprengt zugleich die bisherige Schreibweise Kempowskis: Da er den Weg der anderen Familienmitglieder nicht mehr mit eigenen Augen verfolgen kann (mit Ausnahme des Bruders, der die meiste Zeit mit ihm im selben Gefängnis saß), kann er auch nicht mehr allein Träger der Erzählung sein. Nun wechseln sie sich mit ihrem Bericht ab: Walter, die Mutter, die Schwester Ulla, die aus Dänemark Briefe schreibt, und der Bruder Robert. Die Mutter war schon bald nach den beiden Söhnen verhaftet worden und einige Zeit später – wegen angeblicher Mitwisserschaft – ins Gefängnis gekommen.

Mit der Preisgabe der singulären Perspektive hat Kempowski auch die mosaikartigen Erzählblöcke mit der typischen Leerzeile aufgegeben. In seinem eigenen Bericht ist sie als versteckte Struktur noch zu erkennen, die Darstellungen des Bruders und der Mutter sind von vornherein anders aufgebaut: in einem durchaus unterscheidbaren Tonfall. Zaghaft hat Kempowski diesmal auch die Innenwelt seiner Personen – besonders der eigenen – abgehorcht; so die Hoffnungen auf den großen Auftritt nach der ersehnten Entlassung: «Und in New York eine Rede halten, die sich gewaschen hat: Behutsam und leise beginnen – erst mal Ruhe einkehren lassen und das Mikrophon runterbiegen, sich's gemütlich machen am Rednerpult: Es sind ja alles nur Menschen. Behutsam und leise ein einzelnes Wort fallen lassen von äußerstem Gewicht, dann noch ein Wort, größer und größer werden, höher hinauf!».

Hat Kempowski bei der Neufassung seiner eigenen Haftzeit seinem inzwischen gewachsenen Publikum Zugeständnisse gemacht und vielleicht allzu Krasses unterdrückt? Er hat nämlich für seinen neuen Roman auch das aus dem «Block» Übernommene neu bearbeitet: Umgruppierung, Straffung und Verzicht auf manche Episode. Doch der Verdacht ist unbegründet. Die Konzentration ist ein Gewinn, das neue Buch ein vollgültiger Ersatz für den gleichwohl auch heute noch mit Anteilnahme zu lesenden «Block»-Bericht.

Nach ursprünglichem Plan sollte Kempowskis Romanwerk fünf Bände und eine Spanne von etwa dreißig Jahren umfassen, also in den sechziger Jahren «mit dem Auftreten der ersten Hippies» enden (so Kempowski 1972). Offenbar hat sich das Konzept unter der Hand enorm ausgeweitet: Kempowski schreibt derzeit an einem Roman, der zeitlich noch vor den «Tadellöser»-Band gehört. Er wird von Anfang des Jahrhunderts bis an diesen Roman heranreichen und die Geschichte selbst der Großeltern von Walter Kempowski umfassen.

Der Leser ist am Schluß des «Kapitels für sich» mit den Kempowskis in der Mitte der fünfziger Jahre angelangt, wo sie sich in der mittlerweile gegründeten Bundesrepublik wiedertreffen. Daran soll, so der derzeitige Plan, in zwei weiteren Bänden angeknüpft werden: Der erste soll im westdeutschen Studentenmilieu spielen, der andere und zugleich letzte wird bis an die Gegenwart heranführen und sie – als eine Art Science-fiction – sogar überspringen; womit Kempowski in seinem Romanwerk das ganze zwanzigste Jahrhundert durchqueren würde.

Auch nach Erscheinen des neuen Romans hat sich an der Gesamteinschätzung des anspruchsvollen Projekts nichts geändert; es läßt sich der bisherigen Diskussion also wenig Neues hinzufügen. Fast schon sprichwörtlich und immer noch von außerordentlicher Ergiebigkeit ist Kempowskis Kunst, die redensartlichen und atmosphärischen Eigentümlichkeiten seines Milieus zu erfassen. Die Rekonstruktion zeittypischer und gruppenspezifischer Sprachgewohnheiten ist einzigartig. Woran es mangelt, ist ein tiefer reichender Blick: ein psychologischer auf seine Figuren, ein soziologischer auf die Mitwelt. Die Augen starr auf den Familienbereich gerichtet und ihn mit traumwandlerischer Sicherheit überblickend, bleibt Kempowski doch die Daten der Selbstreflexion und das strenge Bemühen schuldig, die Wesenszüge der Gesellschaft unterhalb ihres bravourös dokumentierten Erscheinungsbildes aufzuspüren. Der Leser hat sich vieles hinzuzudenken.

Die Ironie, mit der Kempowski seine Figuren, also auch sich selbst sieht und der er sich aussetzt, ehrt ihn. Sie kann freilich die Zärtlichkeit, mit der er sich seiner eigenen Vergangenheit widmet, nicht kaschieren.

Nur so gelingt es ihm, die Vertrautheit mit seiner Materie zu gewinnen. Es ist eine Flucht nach vorn: Da er so gut wie keinen Abstand zu seinen Figuren besitzt, wählt er statt des Röntgenapparates die Lupe. Das ist ein ehrliches und unspekulatives Verfahren, und es entfernt Kempowski aus der Gefahrenzone bloßer Bestsellerei. Seine Romane sind immer unterhaltsam, doch nie stereotype Unterhaltungsromane.

Weder in seinen Romanen noch in anderen – etwa flankierenden publizistischen – Schriften neigt er zur Analyse. Man sollte dies Kempowski nicht vorwerfen, aber es klar benennen. Denn sein Erfolg erklärt sich nicht zuletzt daher: An keiner Stelle überfordert er den Leser. Ein großes Thema der Literatur unseres Jahrhunderts fehlt bei ihm völlig: Während vielen Autoren das Schreiben selbst zu einem Problem geworden ist, das sie literarisch fruchtbar machen, so findet sich in Kempowskis Werken davon kaum ein Echo. Erkenntnistheoretische Fragen sind nicht sein Fall.

Und doch: Beiläufig gelingt in Kempowskis Romanwerk etwas, das seit längerem in der Avantgardeliteratur versucht wird. Wo diese sich mit waghalsigen Konstruktionen abmüht, um vom Zerfall des bürgerlichen Helden zu künden, benötigt dieser Autor nur ein paar bezeichnende Redewendungen. Es fällt ihm geradezu in den Schoß: Seine Figuren haben jeder Hoffnung auf die eigene Veränderungskraft schon lange abgeschworen, sie haben sich abgefunden und reagieren nur noch mit Sprüchen: «Wie sich der Mensch ja überhaupt auf alles Mögliche einstellt und nicht totzukriegen ist» – eine exakte Formel für die Perspektivlosigkeit jenes Bürgertums, das zur Zeit kaum jemand so gut kennt wie Walter Kempowski.

3 Ein Jahrhundertalbum

Der Roman «Aus großer Zeit»

Kaiserreich, Weimarer Republik, Faschismus, zweimal Kriegs- und Nachkriegszeiten: Die deutsche Geschichte dieses Jahrhunderts zerfällt unter der Hand in lauter Einzelstücke, die sich zwar in ihrer Aufeinanderfolge begreifen lassen, aber in unserem Bewußtsein doch jeweils merkwürdig für sich stehen. Die einzelnen Epochen führen in unserer Anschauung ein Eigenleben. Als Kontinuum lassen sie sich nur schwer denken. Daß die Zeit nach der Jahrhundertwende gerade ein Lebensalter von uns entfernt ist, daß unter uns viele leben, in deren persönlicher Biographie diese Epochen alle enthalten sind – man muß es sich mitunter mühsam klarmachen.

Wir Jüngeren, die wir nur die Bundesrepublik aus eigenem Augenschein kennen, haben bisweilen eine verwirrende Erfahrung machen müssen. Die Abscheu, die sich uns in Verbindung mit Teilen dieser deutschen Geschichte aufdrängt, wird von denen nicht durchweg geteilt, die die betreffende Zeit selbst erlebt haben. Die Diskrepanz der Betrachtungsweisen läßt sich wahrscheinlich daraus erklären, daß Geschichte hauptsächlich als Privatgeschichte erfahrbar ist und sich so auch in der Erinnerung hält. Kann aber die eigene Jugend als angenehm erinnert werden (und das Gedächtnis neigt dazu, Widriges zu unterschlagen), so scheint es nur schwer möglich, davon die gesamte Epoche auszunehmen und sie – selbst bei ehrlichem Bemühen – in ausreichendem Maße kritisch zu sehen.

Walter Kempowski arbeitet seit Jahren daran, ein Kontinuum deutscher Geschichte wiederherzustellen – als Privatgeschichte. Er läßt die Zeiten aus einer Perspektive abspulen, die der eines durchschnittlichen Zeugen entspricht. Das dürfte den Erfolg seiner Romane zum großen Teil ausmachen. Er bietet das Modell einer deutschen Familiengeschichte. Als einer für alle durchstreift er das Alltagsleben der Vergangenheit und zieht einen roten Faden durch die Epochen. Er rekonstruiert sorgsam jene Folie, die als Grundlage der Erinnerung vieler fungiert – einer geschwächten Erinnerung mittlerweile, denn die Details sind abhanden gekommen. Bei Kempowski sind diese Details wieder da. Mit seiner akribischen Recherche und kraft des Vermögens, die Funde und Mosaiksteinchen literarisch fruchtbar zu machen, ist es ihm gelungen, die Fassaden und die Interieurs bürgerlichen Lebens leuchten zu lassen, als hätte sich nie historischer Staub darauf abgesetzt.

Kempowski rekonstruiert im wesentlichen die Geschichte der eigenen Familie. In drei vorhergehenden Bänden («Tadellöser & Wolff», «Uns geht's ja noch gold» und «Ein Kapitel für sich») hat er die Zeitspanne zwischen dem Ende der dreißiger und der Mitte der fünfziger Jahre bereits durchschritten. Mit «Aus großer Zeit» wird jetzt das Ausmaß des Unternehmens deutlich. Dieser vierte Roman wird – wohl endgültig – der erste Pfeiler des Romanzyklus sein. Der Autor ist damit bei seinen Großeltern und dem Ende des 19. Jahrhunderts angekommen.

Der Kempowski-Zweig in Rostock: Robert William und seine Frau Anna lieben den großen Stil. Von den

Nachbarn werden sie mißtrauisch beäugt. Die Frau hat einen Freund am Theater, und anders als bei Thomas Mann, der den Leser im unklaren läßt, wie weit das Verhältnis der Gerda Buddenbrook zu ihrem musikalischen Leutnant nun eigentlich geht, besteht hier über die Art der Beziehung kein Zweifel. Der Ehemann entschädigt sich entsprechend. Ganz anders die Vorfahren mütterlicherseits: Wilhelm und Martha de Bonsac (altes Hugenottengeschlecht) wohnen in Wandsbek, das damals noch nicht zu Hamburg gehört. Man hat ein Importgeschäft, man weiß den Anstand zu wahren, auch untereinander. Daß die Nachbarn sich womöglich nackt in ihrem uneinsehbaren Garten tummeln, findet man empörend – so hat man schließlich nicht einmal die eigene Frau gesehen! Grethe, eines der vier Kinder der de Bonsacs, lernt Karl Kempowski, den Sohn (und späteren Vater von Walter Kempowski), kurz vor dem Ersten Weltkrieg an der Ostsee kennen. Besonders beeindruckt ist sie nicht. Doch als später ein schneidiger Flieger mangels Interesse als Bräutigam ausfällt, erinnert sie sich doch ganz gern an ihn.

Der Bericht «Aus großer Zeit» bricht in jenem November 1918 ab, in dem der deutsche Traum von der Vormachtstellung unter den Völkern erst einmal ausgeträumt ist. Der Roman endet vor dem anstehenden Streit der politischen Kräfte, wie Deutschland ein neues Gesicht zu geben sei, er klingt düster und ein wenig sentimental aus: «Nicht daß sie tot sind, all die Kameraden, ist der Schmerz, sondern daß man sie vergessen wird. Trotz aller Monumente.»

Kempowski ist immer wieder vorgeworfen worden, er helfe, die Vergangenheit zu verklären, er zeige nur ihre harmlose Seite. Verführt er tatsächlich dazu, die angenehmen Erinnerungen zu erneuern und die häßlichen zu verdrängen? Vermeidet er, alles das an Kenntnissen einfließen zu lassen, was wir heute über die Zeit wissen? So einfach ist es nicht. Wer genau liest, findet auch die Schatten, neben denen bürgerliche Behaglichkeit unbekümmert blüht und die sie manchmal selbst wirft. Freilich sind diese dunklen Stellen nicht besonders aufgeputzt und herausgestellt, eher nebenbei werden sie mitgeteilt.

Da sitzt etwa der Autor im Prolog des neuen Romans vor einem alten Stich der Stadt Rostock von 1620 und füllt das Bild, das er wie mit der Lupe absucht, mit Leben (übrigens ein vorzüglicher Einstieg in den Roman). Er übersieht dabei auch die Ränder des bunten Treibens nicht – und ein solcher Anfang eines Buches verheißt nicht nur Gutes: «Gleich neben dem Galgen, auf hoher Stange, ein Rad. Entspanntes Gebein hängt über dem Rand, mit elf Schlägen hat man es gebrochen und durch die Speichen des Rades gezwängt. Die Knochen spießen durch das Fleisch. Das blutig-schweißige Gesicht des Übeltäters ist erloschen. Lange hat er um Wasser und um seinen Tod gefleht. Die schweigenden Bürger haben dabeigestanden und haben die Stundenschläge gezählt: Wie lange es wohl diesmal dauert?»

So lakonisch und unaufgeregt – ist es tatsächlich unbeteiligt, nicht doch eher mit verstohlener Bitterkeit? – erzählt Kempowski später auch von den Grabenkämpfen im ersten Weltkrieg dieses Jahrhunderts, in den sein Vater dem Roman zufolge als Siebzehnjähriger gezogen ist. Dabei zeigen sich allerdings Grenzen: Wohl kann der Autor genauestens die übermütigen Szenen auf der Fahrt mit der

Bahn an die Front vergegenwärtigen (das ist oft berichtet, nie so gezeigt worden: die Atmosphäre eines vermeintlichen Sonntagsausflugs der zum Teil noch Halbwüchsigen), doch das Grauen, das an der Front folgt, die Einzelheiten der oft sinnlosen gegenseitigen Sturmangriffe (und ihre Einordnung in ein größeres Geschehen) übersteigen die Möglichkeiten von Kempowskis Darstellungsweise. Hier gerät das Buch zudem in direkte Konkurrenz zu Antikriegsromanen der zwanziger und dreißiger Jahre, Romanen, deren überwältigenden Eindruck es nicht erreicht.

Das wird sofort wieder besser, wenn der Autor auf die Landschaft hinter der Front überblendet. Das Private ist eben seine Domäne, auch und gerade vor der Kulisse eines Alptraums (in «Tadellöser & Wolff» schon demonstriert: Familienleben unter der Diktaturglocke). Wie etwa die erbärmliche Versorgungslage an der Front mit den üppigen Festen im Hause Kempowski – noch während der letzten Kriegsmonate – kontrastiert wird, das ist schon höchst eindrucksvoll und dabei unaufdringlich arrangiert. Kempowski zeigt abwechselnd Front- und Familienrealität, führt vor, wie die Reederei der Kempowskis mit Kriegsgeschäften besser denn je und ohne jedes Risiko floriert: Drei Villen kauft der alte Kempowski noch zu der eigenen hinzu, je eine für die beiden Kinder und eine für «alle Fälle». Soll man sich etwa seines Glücks schämen? Im Gegenteil, man möchte beinah hoffen, «daß der Krieg noch nicht so bald zu Ende ist, wenn das nicht 'ne Versündigung war, so zu sprechen».

So zu sprechen: Das erfordert auch in diesem Kempowski-Roman keinen Kommentar. Der Autor ist Chronist, er sammelt die Selbstdarstellungen einer mittelständischen, aufsteigenden Bürgerfamilie, und er schaltet sich nur höchst ungern mit dem Zeigefinger dazwischen. Der Horizont seines Erzählens deckt sich mit dem seiner Figuren. Mehr, als sie über sich und die Zeit wissen, wird er ihnen nicht in den Mund legen. Das macht Faszination und Gefährdung dieser literarischen Methode gleichermaßen aus.

Kempowski liebäugelt mit den «Buddenbrooks» von Thomas Mann, ohne sie jedoch jemals stilistisch oder inhaltlich nachzuahmen. Diesen Vergleich will er nicht herausfordern. Ohnehin lassen sich die beiden Familien nicht gut auf eine Linie bringen, sieht man einmal davon ab, daß auch der alte Kempowski mit Schiffen sein Geld verdient. Die Romanfigur Thomas Buddenbrook ist als Kopf einer traditionsreichen Kaufmannsfamilie in die politischen Geschäfte seiner Heimatstadt Lübeck involviert; Robert William Kempowski, den es in die Stadt Rostock verschlagen hat, ist an derlei nicht interessiert. «Haben wir das nötig?»

Folgerichtig bleibt die Politik ausgespart. Die deutschen Kolonien, «in denen den dummen Negern vom Heiland erzählt wird», sind nur deswegen ein Thema, weil von dort bunte Briefmarken kommen. In der Schule wird vom Herero-Aufstand 1904 («Der Heldenritt des Hauptmann Stahnke») erzählt, überlegt wird, ob die Engländer «etwa uns» fragen würden, wenn sie ihre Flotte bauen, «und Lebensraum gibt's nur im Osten», heißt es. Über dem Klavier daheim hängt das Bild «The Germans to the front»! Daß dieses Gemälde, 1900 von Carl Röchling gemalt, deutsche Marinesoldaten im Boxerkrieg darstellt und damals ähnlich verbreitet war wie heute der «Röhrende Hirsch», erklärt Kempowski schon nicht mehr. Manchmal ist er in den Bürgerstuben von ehemals einfach zu gut zu Hause.

Von den Zeitereignissen also allenfalls Reflexe: ganz so, wie sie in den Alltag hineinspielen. Diese Aussparungstechnik gehört zum Konzept des Romanwerks. Es wäre zwar denkbar gewesen, daß Kempowski – ohne seine Methode zu sprengen – seinen Figuren etwas mehr Zeitungslektüre gegönnt hätte; aber auch hier hat er wohl lieber der Wahrheit die Ehre gegeben, als hintenherum seinen Roman aufzufüllen. Andere Kenntnisse – etwa philosophischer oder literarischer Natur – wird man bei den Bürgern, wie Kempowski sie schildert, ohnehin nicht erwarten. Das Ergebnis dieser Beschränkung auf eine soziale Schicht und deren Perspektive ist ein Breitwandgemälde jener Jahre, das oben und unten beschnitten wirkt. Oder anders gesagt: Ein umfassender Epochen- und Gesellschaftsroman kann und wird der Romanzyklus nicht sein.

Was «unten» an diesem Bild «Aus großer Zeit» fehlt, nämlich die Sichtweise der ärmeren Bevölkerungsgruppe, die während des Krieges besonders zu leiden hatte, hat Kempowski allerdings mit ausführlichen Zitaten und Monologen von Zeitzeugen wettgemacht, mit Äußerungen von Hausangestellten bei Kempowskis, von Schulfreunden und Kriegskameraden.

Dies aber ist dann schon wieder Originalbürgerton: «Pöbel? Da hilft doch nur: dazwischenhauen, rücksichtslos dazwischenhauen!» Es gibt zugleich eine Ahnung kommender Entwicklungen. Denn bis «Tadellöser & Wolff» sind es noch einige wesentliche deutsche Jahre hin. Fortsetzung folgt: Auch diese Lücke wird Walter Kempowski mit einem Roman füllen.

4 Deutsche Antworten

Das Umfragebuch «Haben Sie davon gewußt?»

Selten ist die totale Ignoranz, die sich unbeschwert bis in unsere Tage fortsetzt: «Kann ich mir auch gar nicht vorstellen, daß ein Mensch wie Hitler, der doch wirklich kinderlieb war, der sich so mit der Jugend abgegeben hat, daß das so gewesen sein soll, kann ich mir einfach nicht vorstellen, das ist ein Ding der Unmöglichkeit.» So eine Hausfrau, Jahrgang 1905.

Selten aber ist auch das Gegenteil. «Ich hab' es ganz genau gewußt», sagt ein Intellektueller, Jahrgang 1910. Er war 1942 beim Zollgrenzschutz in Polen und erfuhr durch zwei Jüdinnen, wie es in einem Vernichtungslager aussah. Zurück in Berlin, erzählte er davon Gegnern der Machthaber: «Das mit den Gaskammern konnten sie nicht begreifen. Das hatte es noch nie gegeben. Deshalb glaubten sie das nicht. Man hatte immer im Rechtsstaat gelebt, und historisch gab es keine Parallele. Ohne Urteil Leute zu erschießen ...»

Typisch ist eher solche Antwort: Er habe nichts mitbekommen, beteuert ein Hotelier, Jahrgang 1904, um dann gleich hinterher Beispiele wie dieses zu erzählen: «Und dann auf der Moorweide. Ich sag' zu meiner Frau: ‹Du, die ganzen Juden kommen weg.› Meine Frau sagt: ‹Das kann doch nicht sein?› – Die ganze Moorweide war voll, prima angezogen, Leute aus der Ehestraße, alle mit'm Judenstern, jeder mit einer Tasche. Die wurden dann abtransportiert.»

«Haben Sie davon gewußt?» – so einfach und für viele Antworten offen hat Walter Kempowski seit einigen Jahren ältere Zeitgenossen befragt. Das Resultat kommt zur rechten Zeit: Es ist eine Art Nachtrag zur «Holocaust»-Serie, eine Ergänzung. Solche Befragungen hat der Romancier des Bürgertums schon zweimal unternommen. Ein Pendant zu dem neuen Buch ist das erste aus dieser Serie: «Haben Sie Hitler gesehen?» (1973). Schon damals kam es nicht darauf an, ein Ja oder Nein abzufragen, sondern die Untertöne der Antworten auf diese nur scheinbar unverfängliche Frage zu registrieren.

Diesmal also hat Kempowski eine «Schlüsselfrage» gestellt, wie er selbst sagt. Ihr kann der Befragte kaum entkommen, es sei denn, er verweigert sich. Das muß nur selten vorgekommen sein (Genaueres darüber erfährt man nicht), denn Kempowski spricht in einem Vorwort davon, daß ihn die Freimütigkeit der Antwortenden überrascht habe. Dabei machte er folgende Beobachtung: Zunächst verneinten viele der Angesprochenen schlicht die Frage. «Nach diesem ersten schroffen Nein gab man dann aber freimütig das preis, was man sich in einer immer wieder notwendig vollbrachten Denkarbeit zum Abruf zurechtgelegt hatte.»

Tatsächlich: zum Abruf. Denn die Erinnerungen kommen nicht fragmentarisch, sondern wie Anekdoten, wie Fertigstücke. Nur ein einziges Mal heißt es: «Das hab' ich noch niemandem erzählt.» Sind damit die Antworten nicht wertlos, zu Geschichten stilisierte, nur noch bedingt authentische Gedächtnisfragmente? Keineswegs, denn selbst dort, wo Antworten unvollständig und nicht korrekt sind (es gibt Fehler in der Datierung mancher Ereignisse), haften ihnen verräterische Spuren an, Spuren, die sowohl in die Vergangenheit weisen wie Zeugnis unserer Gegenwart sind. Denn wie hier, in diesen rund dreihundert Antworten (Kempowski hat damit nur einen Teil seines Materials veröffentlicht), zu dem größten Verbrechen der deutschen Geschichte Stellung genommen wird, das sagt immer auch etwas über die Bereitschaft der Deutschen, sich mit dieser Vergangenheit ernsthaft auseinanderzusetzen.

«Man hat das als Einzelaktionen genommen, als Übergriffe. Das Gesamte hat man erst nach dem Krieg erfahren.» So heißt es oft: «Man wußte, da ist was nicht in Ordnung.» Freilich, daß es Konzentrationslager gab, das konnte man wissen. Es stand in der Zeitung; daran erinnert sich einer. Ein anderer weiß von einer «Aufklärungsschrift über das KZ Oranienburg». Daran, daß mit dem Lager gedroht wurde, erinnern sich viele. Der Volksmund hatte bereits den Reim ersonnen: «Lieber Gott, mach mich stumm, / daß ich nicht nach Dachau kumm.» Die Befragte, die das berichtet, setzt hinzu: «Also von daher – eine Ahnung schon, nicht?» Aber was genau war das, ein Konzentrationslager? «KZ, das war eben mehr als Zuchthaus, das wußte man.» Mehrfach taucht der Ausdruck «Konzertlager» auf, der, wie man aus anderen Veröffentlichungen weiß, schon in den dreißiger Jahren kursierte. Man habe damit die Vorstellung von «Prügel und Schreien» verbunden, erinnert sich einer. «Man nahm an, daß da Asoziale hinkommen, die dort zur Arbeit angetrieben werden.»

Doch als potentiell Betroffene, vielleicht der Verfolgung und dem Leid selbst Ausgelieferte haben sich anscheinend nur wenige gefühlt. Ein einziger hat Kempowski gesagt: «Das war doch 'ne schreckliche Zeit. Wenn es klingelte – man wußte ja nie, wer es war.» Nein, die Betroffenen, das waren immer die anderen, mit denen man nichts zu tun hatte. Typisch und in beklemmender Weise entlarvend dafür die Antwort einer heutigen Hausfrau: «Ich bin in der glücklichen Lage, nie damit konfrontiert worden zu sein.» Und weiter: «Die einzige Jüdin in unserer Klasse, als die verschwand, da haben wir uns natürlich unsere Gedanken gemacht.»

Mehrfach wissen die Befragten von Menschen zu berichten, die in den ersten Jahren des Faschismus inhaftiert und nach einiger Zeit wieder entlassen worden waren. «Der hatte anscheinend Redeverbot, infolgedessen erfuhr man nichts. Das war ein Mann, der sich politisch betätigt hatte, sehr links stehend.» Ein anderer Zurückgekehrter habe gesagt: «Fragt mich bloß nichts ...» Und immer wieder scheint bei solchen Antworten die Distanz durch, der Abstand zu denen, die «verlegt» worden waren. Man hat ihnen, wo man konnte (bei Arbeitseinsätzen, gemeinsamer Tätigkeit in einer Fabrikhalle), Brot zugeschoben, man hat sie bedauert, aber es waren die Fremden. Noch nach der Befreiung aus dem Lager bei Kriegsende müssen die ehemaligen Häftlinge das gespürt haben, wenn folgende Antwort nicht völlig untypisch ist: «Sie sahen furchtbar elend aus, hatten es aber eben nun überlebt, waren vielleicht ja auch keine Juden, sondern Kriminelle, unter Umständen sogar Politische.»

Hier offenbart sich bis in die Sprache hinein noch der Rest eines fatalen Rechtfertigungszusammenhangs: So ganz unschuldig waren die möglicherweise doch nicht, denen damals dieses Leid geschah. Bei manchen dieser Antworten wird einem plötzlich plausibel, was man gern für unmöglich hält: daß nämlich noch heute einer, der von sich sagt, er sei in einem KZ inhaftiert gewesen, auf Befremden und Distanzierungsgesten stoßen kann. Ein einziger der von Kempowski Befragten nur macht sich über solche Zusammenhänge Gedanken: «Scheren Sie einem Menschen den Kopf, kleiden Sie ihn in Anstaltskleidung, der normale Mensch zieht dann den Schluß: Mit dem ist was nicht in Ordnung.»

Das ist zugleich eine der wenigen Ausnahmen, wo die Frage «Haben Sie davon gewußt?» nicht nur als Wegweiser in eine weit zurückliegende Epoche verstanden wird. Die Gegenwärtigkeit dieser Vergangenheit: Sie vermißt man in den Antworten. «Die Personen, die in den SA-Wagen mit Karabinern bewaffnet saßen, leben zum Teil heute noch in unserem Dorf und tun so, als wären sie die treuesten Demokraten gewesen», solche in diesem Buch fast ketzerisch anmutenden Worte hört man selten. Ebenso rar ist der Versuch, die Bedrohung, die damals anderen galt, für sich selbst zu übersetzen, um einmal den Schatten einer Ahnung davon zu erhaschen, was denn in den Köpfen der Opfer vorgegangen sein könnte – bevor sie geholt, gefoltert und ermordet wurden. «Wenn ich heute so in meinem schönen Haus sitze, warm und mit all meinen Sammlungen», überlegt sich ein Antiquitätenhändler, «dann kann ich mir vorstellen, wie den Juden damals zumute gewesen sein muß, als an die Tür geklopft wurde, alles raus! Und sie sahen es dann nie wieder.» Das ist immerhin ein erster Schritt dahin, sich mit den Leidenden, nicht mit den Aggressoren zu identifizieren – was kaum einer der Befragten offen tut, aber in dem Wunsch, selbst verschont zu bleiben, als Neigung verrät.

Kempowski hat seine «Deutschen Antworten» subtil gebündelt: zunächst, soweit sich die Erinnerungen datieren ließen, chronologisch und weiter nach Motiven. Es ist eine Skala zunehmender Entdeckungen, immer ungeheuerlicherer Schrecksekunden. Mancher wurde durch die November-Pogrome, von der Propaganda als Kristallnacht verharmlost, aus seiner Ruhe gerissen («SA-Leute waren beim Plündern und auch andere»), vielen wurden die Augen dann als Soldaten im Zweiten Weltkrieg geöffnet – oder hätten ihnen doch geöffnet werden können, wären da nicht die Sorgen um das eigene Wohl gewesen, die die Verdrängung in Gang setzten («an der Front verblaßte die Erinnerung daran allmählich»). Vom Polenfeldzug an, auf dem Erschießungen durch die SS beobachtet wurden, bis zum Rückzug der deutschen Truppen am Ende des Krieges, wobei man auf die ausgemergelten Trupps streng bewachter Inhaftierter aus eilig aufgelösten Lagern traf, gab es Beobachtungen der grausamsten Art, die selbst im matten Spiegel dieser Erinnerungs-Splitter immer noch so bestürzend sind, daß man die Lektüre öfter entsetzt unterbricht.

Aber nur einmal hört man davon, daß Soldaten, die solches mit ansahen, sich zumindest fragten, ob ihr militärischer Einsatz nicht dazu beitrug, das Wüten der SS hinter den Linien zu ermöglichen. «Wir haben dann über dieses Gesehene mit zuverlässigen Kameraden viel diskutiert. Einige von uns wollten daraufhin die Truppe verlassen.» Daß Menschen damals Konsequenzen gezogen haben, wenn sie selbst aufgefordert wurden, Morde zu begehen, davon können diese Antworten allerdings auch Kunde geben. So wissen immerhin zwei Befragte von SS-Männern zu berichten, die sich angesichts dessen, was ihnen zugemutet werden sollte, das Leben nahmen.

Das Gegenteil, die ungerührte Teilnahmslosigkeit, steht wenige Seiten danach. «Als SS-Mann kam man ja notgedrungen mit so was in Berührung», erklärt ein heutiger Nachtportier. Ein anderer Gesprächspartner hat als wesentliche Erinnerung gespeichert, daß Häftlinge, die in der Küche arbeiteten, «dick und vollgefressen» waren. «Wogegen wir SS-Männer Wurst bekamen, die war so dünn geschnitten, daß man die Sonne da durch sehen konnte. Wir haben geschwitzt, und die kriegten zu essen. Von wegen, daß die jemand da angeschnauzt hätte! Das hab' ich nie gesehen.» Der Mann ist heute Studiendirektor.

«Haben Sie davon gewußt?» Die Antworten sind fürchterlich und trivial zugleich. Ist es nicht eine Verhöhnung der Opfer, sie zu drucken? Muß man jene zu Wort kommen lassen, die das Terrorsystem ermöglichten? Oder jene, die nicht geholfen haben, die das, was sie sahen, nicht früh genug «realisiert» haben (dieser Ausdruck fällt mehrmals), oder die gar nichts wissen wollten? Bisweilen hatte ich bei der Lektüre dieser Zeugnisse älterer Mitmenschen das Gefühl, es sei besser, die Berichte der überlebenden Opfer zu lesen als diese Ausflüsse einer zum Teil unsäglichen Ungerührtheit (gipfelnd in abwiegelnden Sätzen wie: «Aber die Russen waren ja genauso schlimm»). Doch einerseits gibt es immer wieder auch Berichte von mutigem Widerstand und aufrichtige Bekundungen ohnmächtiger Hilflosigkeit, andererseits – und vor allem – gilt es, vor diesen Antworten nicht die Augen zu verschließen. Denn sie ermöglichen einen Blick in das Herz der Deutschen über dreißig Jahre nach ihrer Erfahrung mit dem Faschismus, wie ihn keine demoskopische Umfrage gestatten würde.

Die Antworten seien nicht repräsentativ? Nein, sie sind es nicht. Und trotzdem ist viel mit ihnen gewonnen. Denn wer genau zu lesen versteht, kann aus der Art und Weise, in der auf diese einfache Frage reagiert wird, viel darüber lernen, wie Menschen eigenes geschichtliches Erfahren und nachträgliche politische Einschätzungen in Einklang bringen – und zum überwiegenden Teil eben nicht in Einklang bringen. Wirklich zu brechen mit dieser Epoche, sich als unversöhnlichen Gegner der Naziherrschaft zu erklären, das gelingt anscheinend nur wenigen. «Aber es hat immer noch eine Zeit gedauert, daß ich Antifaschist wurde. Ich hatte das Glück, daß ich Leuten begegnete, die mir sagten, daß es auch noch was anderes gibt als die Nazis.» Solcher Tonfall ist ganz rar.

Es ist die Kunst Kempowskis, nur Zuhörer zu sein, ganz registrierende Instanz. Er umgeht es, seine Sammlung zu kommentieren oder zu bewerten. Er richtet nur das Schaufenster für die Selbstdarstellung deutscher Zeitgenossen her, nicht viel anders als in seinen Romanen. Das wirkt mitunter kritiklos und sympathisierend. Doch scheint es gerade die Zurückhaltung des Autors bezüglich der Einschätzung seiner Figuren und Gesprächspartner zu sein, die es ihm ermöglicht, bis in die Nuancen der Sprache hinein ein weitgehend authentisches Abbild der Epoche zu liefern.

«Haben Sie davon gewußt?» Es konnte wohl nur ein Schriftsteller auf eine solche Frage kommen. Daß etwa einmal ein Historiker, ein Zeitgeschichtler sein Material so zusammentrüge, ist kaum vorstellbar. Ein Wissenschaftler könnte wohl auch mit den Antworten nicht viel anfangen: Sie sind nicht quantifizierbar, nicht oder nur schwer in eine Statistik zu übersetzen, zu verschwommen, zu widersprüchlich. Da muß einer genau hinhören: auf den Tonfall, auf Kleinigkeiten, auf Nebenbedeutungen. Und da muß einer ganz unsystematisch fragen, eher nebenbei, unaufdringlich im vertrauten Gespräch von Bürger zu Bürger.

Diese «Deutschen Antworten» (so der Untertitel) haben in mancherlei Hinsicht mit literarischer Erkenntnisweise zu tun. Sie handeln vom Alltag der Geschichte, gesehen aus dem Blickwinkel der Normalbürger, sie verallgemeinern nicht, zeigen Einzelfälle. Nicht allein was gesagt wird, sondern zugleich wie es gesagt wird, enthält Information. Und noch eins: Im Hintergrund wirkt ein schweigender Erzähler, nämlich Kempowski. Nicht daß er seinen Tonfall den Niederschriften der Antworten aufgezwungen hätte (das läßt sich schwer kontrollieren, mag hier und da so sein) – viel einfacher: Als Gegenüber der Interviewten bleibt er stets indirekt spürbar, als Ansprechpartner, als jemand, dem man sich anvertraut.

Für Kempowski sind diese Befragungen wesentliche Ergänzungen zu seinen im engeren Sinne literarischen Arbeiten: den Romanen über das deutsche Bürgertum. Dieser Zyklus, von dem bisher vier Bände vorliegen, folgt weitgehend Kempowskis eigener Lebensgeschichte. Diese deutsche Familiensaga hat, da ein Leben eben nicht immer exemplarisch verläuft, einen fatalen Konstruktionsmangel – fatal, insofern die Geschichte der Kempowskis zugleich deutsche Geschichte darstellen soll. Walter Kempowski erlebte den Faschismus in behüteter bürgerlicher

Umgebung: ein Idyll im Inferno. So dargestellt in «Tadellöser & Wolff». Die entstehende DDR dagegen schildert Kempowski («Ein Kapitel für sich») aus der Perspektive seiner Haftzeit in Bautzen. So ist gerade die Sammlung «Haben Sie davon gewußt?» – über das allgemeine Interesse hinaus, das sie beanspruchen darf – auch als Korrektiv des Romans «Tadellöser & Wolff» zu lesen. Diese Erweiterung ist literarisch gesehen ein überzeugender Weg, um der singulären Perspektive der Romane ein – gewiß begrenztes – Panorama hinzuzufügen. Und im speziellen Fall dem Verdacht einer Verharmlosung entgegenzuwirken.

Es sind am Ende nicht einmal so sehr die Aussagen der Unbelehrten und wahrscheinlich Unbelehrbaren, die einen bestürzenden Eindruck hinterlassen, sondern es ist vielmehr die oft geradezu haarsträubende Harmlosigkeit, die das Ungeheuerliche dieser deutschen Antworten ausmacht: «Nebenan von uns war ein Schirmgeschäft, die hießen Katz. Und wir hießen Kater und hatten unser Geschäft direkt nebenan. Und als die zumachen mußten, hat die ganze Straße gesagt: Wie schade, das war doch immer so lustig.»

5 «Der Erfolg ist ein Glücksfall»

Interview in Frankfurt am Main, August 1981

FRAGE: Als wir vor fast zehn Jahren miteinander sprachen, hatten Sie die Absicht, Ihren Romanzyklus in die Gegenwart hinein zu verlängern. «Tadellöser & Wolff» war damals noch als Anfang gedacht. Wie kam es dazu, daß Sie nun noch zwei Romane vor diesen Band gestellt haben?

KEMPOWSKI: Ich habe während des Schreibens an «Ein Kapitel für sich» festgestellt, daß ich doch die Vergangenheit mit hereinholen muß. Es gab dafür zwei Gründe. Der eine war die Absicht, die Erziehung der Eltern bloßzulegen und der Frage nachzugehen, nach welchem Gesetz diese Generation angetreten ist, die ja dann die Nazizeit verschuldet hat. Wenn ich in meinen anderen Büchern die Wirkung schildere, muß ich auch den Ursachen nachgehen. Daher die Entscheidung, mich mit der Kaiserzeit zu beschäftigen. Der zweite Grund: Ich hatte so viel Material. Meine Mutter hatte erzählt. Und während des Erscheinens der anderen Bücher hatten sich eine Menge Zeugen gemeldet, die meinen Vater noch als Kind kannten, mit ihm zur Schule gegangen waren, die 1914/18 mit ihm zusammen an der Front gewesen waren. Das war nur möglich, weil mein Name in der Zeitung stand. Die Leute sagten: «Ach, ist das der? Da wollen wir mal hinschreiben!» Besonders wichtig war das

Auftauchen der Haushälterin meines Großvaters, die ihm von 1911 bis 1923 den Haushalt geführt hatte. Die erzählte nun zunächst ganz achtungsvoll Dinge über meinen Großvater. Ich merkte aber schnell: Da ist noch mehr! Ich habe dann eine Studentin hingeschickt und bin so doch noch zu Einzelheiten gekommen, die sie mir nicht erzählt hatte. Da hat sie erst richtig losgelegt. Also: einerseits Ursachen, andererseits das umfangreiche Material. Und dann ist da natürlich – das geht jedem Schriftsteller so, glaube ich – auch ein Bedürfnis, sich einmal mit der eigenen Kindheit zu beschäftigen. «Tadellöser & Wolff» war ja nicht meine Kindheit, sondern meine Jugend vom zehnten Lebensjahr an etwa. Und ich habe eine sehr schöne Kindheit gehabt – eine schönere Kindheit als Jugend, wenn man das so sagen kann. Nachdem ich das Material für die «Große Zeit» verbraucht hatte, merkte ich plötzlich: Jetzt kommt dein Schönstes, von dem Uwe Johnson sagt: «Es gibt ja leider nur eine Kindheit, darf ich mir Ihre borgen?» Ja, dieses Buch, das ich gerade fertiggeschrieben habe und das auch eine Art missing link ist, wie «Uns geht's ja noch gold» es damals war, das ist eben ein Buch, das man wirklich – wie man so schön sagt – nur einmal schreiben kann. Und noch etwas: Es fiel mir immer schwer, in all den Büchern über die Nazis, über deren Greueltaten und all so etwas zu sprechen – aus einer eigenartigen, mir kaum erklärlichen Scheu heraus. Es mag damit zusammengehangen haben, daß es allzu oft in Romanen schon auftauchte. In diesem letzten Buch nun ergaben sich die Schilderungen solcher Vorkommnisse ganz von selbst und waren leicht zu bewältigen. Merkwürdig.

FRAGE: Kann das damit zusammenhängen, daß Sie sich Ihrer Mittel jetzt gewisser sind?

KEMPOWSKI: Ich glaube, es war anders. Und zwar deshalb: Ich habe «Tadellöser & Wolff» doch wohl aus der Perspektive des Zehn- bis Fünfzehnjährigen geschrieben, und der hat sich mehr um Jazzplatten gekümmert als um das Schreckliche – weil er das auch nicht erfuhr als Jugendlicher, das hielt man ja von ihm ab. Wogegen das Buch «Schöne Aussicht» – das sagt ja schon der Titel – davon handelt, daß zwei junge Menschen, Karl und Grete also, sich alles so schön ausmalen, wie wunderbar das nun werden wird mit der jungen Ehe, mit Kindern. Und es kommt dann ein Kladderadatsch nach dem anderen. Es bleibt nicht bei Inflation, Weltwirtschaftskrise und Machtübernahme, sondern es kommt dann auch zu den bekannten Ereignissen, die schon, wenn man das diesmal aus dem Blickwinkel der Eltern schreibt, ihre Schatten über so ein junges Leben werfen können.

FRAGE: Das ist also jetzt nicht aus der Perspektive des Kindes geschrieben ...

KEMPOWSKI: Nein. Dadurch, daß ich im Präsens schreibe, war das alles viel einfacher. Es ist so, als ob ich hinter den jeweiligen Figuren stehe und an ihrem Kopf vorbeigucke – wie sehen die das jetzt? Ich nenne es ein «historisches Präsens», weil man eigenartigerweise mit dem Präsens der Vergangenheit besser beikommt. Ich glaube, wenn man im Imperfekt schriebe, dann müßte man begründen, warum man das eigentlich kann. Durch die Verwendung des Präsens wird die Begründung überflüssig.

FRAGE: Als Sie mit Ihrem neuen Buch «Schöne Aussicht»

fertig waren, hatten Sie da nicht Lust, «Tadellöser & Wolff» noch einmal ganz neu zu schreiben? Dazwischen liegt ja ein Jahrzehnt Schreiberfahrung!

KEMPOWSKI: Als ich die letzten Seiten von «Schöne Aussicht» schrieb – das war dann so, wie wenn man zwei Balken aneinanderpaßt. Ich setzte den Hobel an, aber ich konnte nur auf einer Seite hobeln! Das war reizvoll, weil eine vorgegebene Form die Phantasie anregt. Wer die Bücher genauer anguckt, der stellt fest, daß sie keineswegs durchgehend in einem Stil geschrieben sind. Gewisse Stilmerkmale sind sicher vorhanden: Genauigkeit der Beobachtung wird mir nachgesagt und trockener Humor, Ironie zum Teil. «Tadellöser & Wolff» hat diesen Schnappschußstil, der Ähnlichkeit mit einem Fotoalbum aufweist, und wenn man diesen Vergleich nun mal weitertreiben will, dann ist bei «Uns geht's ja noch gold» ein Schwarzweißfilm angelaufen, denn die Passagen sind deutlich länger, und der Stil ist auch nicht so «abgehackt». Wogegen im dritten Buch «Ein Kapitel für sich» etwas Neues auftaucht: Da kommen die Zeugen hinzu, die sich jeweils in das Gespräch mischen – also quasi die Hereinnahme von «demoskopischen» Untersuchungen. Auf diesem Weg wird weitergegangen in «Aus großer Zeit». In «Ein Kapitel für sich» war die Sache noch sehr kompliziert gebaut – oft ist Kompliziertheit ja ein Zeichen nicht von Unsicherheit, aber doch von mangelnder Beherrschung des Stoffs. Und das, finde ich jedenfalls, hat sich bei «Aus großer Zeit» geändert; da hat sich etwas abgeklärt, da lehnt sich einer zurück und hat diesen epischen Gestus des langsamen, auch lustvollen Erzählens angenommen. Daher auch der breite Anfang – «Bilder» nennt sich das erste Kapitel –, der natürlich berechnet ist auf die nun folgenden fünf Bände, nicht auf das eine Buch, das muß man sehen. Das ist ein Erzählgestus, der deutlich auch das alte Erzählen zitiert – also etwa ein Fontanisches Erzählen in Ruhe und Gelassenheit. Und bei «Schöner Aussicht» ist das alles – möchte ich sagen – fast in die glücklichste Form gekommen; die Kapitel sind sehr lang – wohl keines unter 35 Seiten. Was neu dazukam, ist die Variation des Themas Erziehung. Erst beim Schreiben merkte ich, daß praktisch jedes Kapitel nicht nur von der Erziehung des Kindes Walter und seiner Geschwister handelt, sondern daß im Grunde jedes Kapitel sich mit Erziehung überhaupt befaßt. Ich schrieb das zu einer Zeit, als ich die Arbeit an der Schule aufgegeben und mich an die Hochschule in Oldenburg begeben hatte, um mich mit theoretischer Pädagogik zu befassen. In jedem Kapitel taucht eigentlich die Frage auf: Inwiefern werden die Personen, die hier vorkommen, von ihrer Umwelt oder voneinander erzogen? Es ist also ein Buch, das sich mit Kindheit beschäftigt und folglich mit Erziehung. Das ist zum ersten Mal ein theoretisches Thema bei Kempowski: Es hat mir auch strukturgebend geholfen beim Schreiben. Es sind, glaube ich, zehn Schulstunden, die geschildert werden, wobei übrigens meine Vorliebe für die Erlebnispädagogik schon sichtbar wird. Wichtig an dem Buch ist mir auch, wie Karl zunächst als entlassener Frontsoldat durchaus mit sozialen, ja sozialistischen Ideen sympathisiert, wie er aber dann durch seine Arbeit, sein Geschäft und auch durch die Unvernunft der Entente praktisch in das nationalistische Fahrwasser getrieben wird; wie er sich dann zunächst mit den Nazis nicht gerade befreundet, aber sie doch hinnimmt und später erst merkt, daß das nicht der richtige Wind ist, dabei aber Nationalist bleibt: Dieses Hin- und Herpendeln ist das wichtigste Problem dieser ganzen Generation.

FRAGE: Haben Sie mit diesem Buch neue Schreiberfahrungen machen können?

KEMPOWSKI: Ich habe an diesem Buch wahnsinnig gern gearbeitet; ich habe manchmal sogar im Hotel oder im Zug geschrieben, was ich gar nicht kannte. Ich habe mir meine Zettel oft nicht einmal angeguckt. Ich habe die Kapitel wirklich vom ersten bis zum letzten Satz so hintereinander weggeschrieben, später natürlich noch geändert, umgestellt, manches auch verworfen. Das war wie im Kino – ich hab' manchmal direkt darüber gelacht: Jetzt bist du ein richtiger Dichter!

FRAGE: Ich kann mir vorstellen, daß diese Arbeitsweise sich dann auch in der Form niederschlägt.

KEMPOWSKI: Ich glaube sogar, das wird sich auch auf den Leser übertragen. Ich glaube, Sie werden das Buch gerne lesen, weil ich es gern geschrieben habe – was man von «Ein Kapitel für sich» nicht sagen kann. Das Buch habe ich mir wirklich ganz schwer werden lassen.

FRAGE: In unserem ersten Gespräch äußerten Sie die Vermutung, daß Sie immer mehr Lust bekommen könnten, Figuren zu erfinden, überhaupt zur reinen Fiktion zu kommen.

KEMPOWSKI: Ich möchte hier keine Definition von Fiktion versuchen. Die Figuren in «Tadellöser & Wolff» sind keineswegs realistische Abbilder. Ich sagte Ihnen damals schon, daß sich mein Vater darin wohl nicht erkennen würde. Mit jedem weiteren Buch, das ich schrieb, habe ich eigentlich mehr Spaß daran gefunden, frei zu kombinieren. Es war so, als ob sich meine Vorstellung auf einmal bevölkerte mit Menschen, die ich nie gesehen hatte. Dazu gehört als erster Cornelli aus «Uns geht's ja noch gold». Die letzten Bücher wimmeln nun geradezu von Erfindungen. Ich hab' da Leute miteinander verheiratet und all so schöne Sachen ... Das hat Spaß gemacht. Übrigens war da auch die Literatur jener Zeit hilfreich, die Lücken füllten sich. Ich wurde aufmerksam auf einen Menschentypus, den es heute nicht mehr gibt. Ich denke zum Beispiel an den pensionierten kaiserlichen Offizier, der ja damals tausendfach jede Stadt bevölkerte; das kann man sich heute gar nicht mehr vorstellen. Die waren ja nicht alt – zum Teil erst 35 Jahre.

FRAGE: Die Vorarbeiten sind also immens. Man kann sie natürlich auch endlos ausdehnen.

KEMPOWSKI: Ich habe das nachher einfach zur Seite geschoben und gesagt: Jetzt reicht's. Ich habe dann auch hinterher entdeckt, Mensch, hier hast du ja die ganzen Quellen gar nicht mehr benutzt. Aber irgendwann ist ein Sättigungsgrad erreicht.

FRAGE: Ihr Romanwerk umfaßt nun fünf Bände. Haben Sie das Gefühl, daß das jetzt erstmal als Zyklus abgeschlossen ist?

KEMPOWSKI: Es sind ja eigentlich nicht fünf Bände, sondern fünf Romane, die flankiert werden durch dazugehörende und in den Zyklus integrierte Sachbücher, also: «Immer so durchgemogelt», «Haben Sie Hitler gesehen?» und «Haben Sie davon gewußt?» Und von dieser Art kommt noch ein Buch hinzu. Das wird als nächstes zu schreiben sein. Dann ist das Werk in der Tat, wie Sie sagen, abgeschlossen – soweit. Im Sinne von: Da ist keine Lücke mehr. Dieses Buch wird der Frage nachgehen: «Wie haben es Ihre Eltern mit der Erziehung gemacht?» Wie hat das funktioniert, mit Ohrfeigen, Güte oder Liebe? Das, finde ich, ist ein wichtiges Thema. Es ist von der Kritik übrigens noch nicht richtig beachtet worden, daß diese flankierenden Bücher dazugehören. Das erklärt sich wohl daraus, daß der Abstand der Veröffentlichungen ziemlich groß war und daß das so hin und her sprang. Die Kritiker haben immer nur die einzelnen Bände rezensiert, aber nicht den Zusammenhang gesehen. Wenn mir zum Beispiel, wie oft geschehen, vorgeworfen wird, ich hätte Dinge verharmlost, ist meine Antwort: Für den Roman trifft es vielleicht zu, daß dies und das dem Leser fehlt, aber ich habe doch diesen Komplex in einer Extrapublikation vorgestellt. Es gibt in meinem «Hitler-Buch» eine Passage, in der ein «Beamter, Jahrgang 1929» beschreibt, wie er Hitler im Zug hat vorbeifahren sehen. Und diese Szene kommt in dem Roman «Schöne Aussicht» ausgeführt wieder vor. Es gibt auch noch andere Beispiele. Dadurch habe ich versucht, die Verbindung herzustellen. Leider liest es kein Mensch so genau.

FRAGE: Aber Sie werden außer diesem «flankierenden» Buch auch noch weitere Romane schreiben? Werden die dann noch zu Ihrem Zyklus gehören oder selbständig sein?

KEMPOWSKI: Was wahrscheinlich noch zu machen ist, das liegt etwas in der Ferne: ein Roman, der mich zunächst einmal unabhängig von dieser deutschen Chronik interessiert. Er wird in einer einklassigen Dorfschule in einem Moordorf spielen. Ein junger Mann fängt dort mit seiner Frau an. Das möchte ich unbedingt schreiben. Es wird schwer werden für mich, weil die Auflösung dieses Dorfs durch die Technisierung und durch die Medien zu beschreiben sein wird, all die bekannten Erscheinungen, die Zerstörung der Schule usw., usw.: wie eine pulsierende und gesunde Zelle so allmählich zersetzt und zerstört – oder nicht so negativ ausgedrückt: in eine andere Gesellschaftsform überführt wird. Für den Schulmeister, der da wohnt, ein trauriges Kapitel. Ich habe immer überlegt, ob dieses Buch dann enden sollte: «Und er pinnt sich drei Bilder von Rostock an die Wand» – das ist eine schwere Entscheidung; wenn das passiert, dann ist der Integrationsprozeß geglückt. Wenn ich das nicht schaffe, dann wird das Buch für sich stehen. Aber sofort fängt man wieder an zu krabbeln und zu wühlen, weil man denkt, da müßte man noch ein Bindeglied schaffen, vielleicht eine kleine Liebesgeschichte im städtischen Milieu der fünfziger Jahre hereinnehmen – und so treibt der Zimmermann seine Balken wieder weiter vor. Es spielen dabei auch Fragen des Gleichgewichts eine Rolle. Diese fünf Romane mit den dazugehörigen vier Sachbüchern wirken ja jetzt sehr kompakt. Sie haben im Grunde alle Fragen aufgeworfen und auch beantwortet. Was fehlt, ist die Frage: Wie geht es weiter? Was machen die Leute mit all diesen Erlebnissen? Was macht die Jugend?

FRAGE: Wie haben Sie in «Schöne Aussicht», dem Buch Ihrer Kindheit, das Problem der Erzählperspektive gelöst?

KEMPOWSKI: Ja, da haben Sie genau den wunden Punkt. Es war mir unmöglich, von «Walter» zu sprechen. Das kam mir nicht über die Lippen. Ich konnte nicht schreiben: «Walter geht da unten.» Das wirkt so niedlich, so verhätschelt. Damit stand und fiel das ganze Buch. Meine Lösung war die, das Kind nie wirklich bei Namen zu nennen. Statt dessen heißt es nun: «der Lütte», «der Kleine», «der Jüngste». Der Leser hat dadurch den Autor nicht ständig vor Augen.

FRAGE: So ergibt sich die Situation, daß am Ende von «Schöne Aussicht» die Er-Form steht und am Anfang vom «Tadellöser» ein Ich-Erzähler. Ist das nicht ein Problem?

KEMPOWSKI: An der Nahtstelle passiert nun natürlich allerhand. Erstens bricht der Erzählfluß abrupt ab, es beginnt die Mosaikform. Zweitens kippt das Präsens ins Imperfekt. Und drittens: Es wird dann von einem Ich geredet. Diese drei Dinge passieren. Ich glaube, es funktioniert wegen des Imperfekts. Man kann gar nicht glauben, wieviel an so einer einfachen Sache hängt. Sehen Sie mal, wenn ich in «Aus großer Zeit» die Zeugen nicht hätte, die von sich erzählen und zwar im Imperfekt («Ich war damals die Wirtschafterin bei dem alten Herrn Kempowski, der hat jeden Tag gesoffen»), dann könnte ich den «Tadellöser» nicht integrieren. Jetzt ist es auf einmal so, als ob Walter Kempowski als Zeuge ein ganzes Buch – oder eigentlich zwei Bücher – zugewiesen bekommt. Nun erzählt eben der Zeuge Walter Kempowski folglich auch im Imperfekt. Auf die Idee erstmal zu kommen, das hat Monate gedauert. Dann schrieb ich quasi in die Zukunft rein, weil ich ja wußte: «Aus großer Zeit» muß darauf vorbereiten, daß Walter später selbst erzählt. Eigentlich fiel diese Entscheidung schon bei «Ein Kapitel für sich». Man kann das so sagen: «Aus großer Zeit» enthält nur Nachbarn und entfernte Verwandte als Zeugen, «Schöne Aussicht» gar keine, da gibt es nur einen Erzähler, in «Tadellöser & Wolff» kommt der Walter zu Wort, in «Uns geht's ja noch gold» auch, und in «Ein Kapitel für sich» kommt die ganze Familie dran, einschließlich Walter.

FRAGE: Wollten Sie den chronologisch vor «Tadellöser & Wolff» angesiedelten Stoff gleich auf zwei Bände verteilen, oder hat sich das erst während des Schreibens so ergeben?

KEMPOWSKI: Es sollte ursprünglich ein Band werden. Dann habe ich aber sehr schnell gemerkt, schon beim ersten raschen Durcheilen des Stoffs, daß das ein Buch von tausend Seiten geworden wäre. Außerdem handelt es sich um zwei ganz verschiedene Sachverhalte. Und die Zäsur «1918» ergibt sich ja von selbst.

FRAGE: Das autobiographische Schreiben war ein bestimmender Trend in der deutschen Literatur der siebziger Jahre. Hat Sie das irritiert? Haben Sie sich um die Bücher Ihrer Kollegen gekümmert?

KEMPOWSKI: Wissen Sie, ich habe mich lange mit mir selbst beschäftigen müssen: Ein Bürgersohn aus guten Verhältnissen landet im Knast. Er wird Lehrer, geht aufs Land. Drei Punkte, die einerseits exemplarisch sind, andererseits außergewöhnlich – zumindest für ein Einzelschicksal, vielleicht für das unseres Volkes aber exemplarisch. Das ist das Verrückte. Manchmal fühle ich, daß sich in meinem Lebensweg wirklich sehr viel bündelt von anderen, die Einzelteile davon erlebt haben. Ob andere Autoren aus ähnlichen Gründen «autobiographisch» schreiben, betrifft mich nicht. Daß ich gelegentlich kopiert werde, finde ich traurig.

FRAGE: Hätten Sie denn Lust, mal einen Roman zu schreiben nur mit erfundenen Figuren?

KEMPOWSKI: Nein, im Gegenteil. Es gibt vielleicht die Möglichkeit, daß ich noch viel direkter werde. Denn ich bin in meinen Romanen im Grunde ja gar nicht direkt. Die seelischen Bereiche, die mich selbst ganz stark betreffen, spreche ich ja nur indirekt an. Vielleicht kommt später mal beim Betrachten des Lebenswerks eine Art Aufatmen: Und jetzt kommt das Eigentliche! Ein komischer Gedanke, nicht?

FRAGE: Als wir vor neun Jahren zusammensaßen, dachten Sie, 1978/79 würde alles ausgestanden sein …

KEMPOWSKI: Da habe ich mich verkalkuliert. In einer anderen Aufstellung habe ich mal geschrieben, 1981 hätte ich die Bücher fertig. Es hätte sich machen lassen, aber auch beim Schreiben muß man Pausen einlegen; und man muß auch mal etwas anderes tun, um sich kreativ wieder aufzuladen. Da sind für mich immer zwischen den Büchern Momente gewesen, wo ich ein Hörspiel gemacht oder was Theoretisches über die Schule geschrieben habe. Und das war sehr erfrischend, das hat die Batterien wieder aufgeladen – verzögerte aber das Schreiben der Bücher. Heute denke ich da realistischer – der nächste Roman wird nicht vor 1983 zu schaffen sein und der letzte … na, vielleicht '86 – vorher wird das nichts, ächzend und stöhnend, muß ich sagen.

FRAGE: Damals war meine Abschlußfrage, wie Sie sich

als Schriftsteller fühlen. Inzwischen zählen Sie zu den erfolgreichsten deutschen Autoren. Wird man da nicht übermütig?

KEMPOWSKI: Es muß ja für Leute wie Musil etwas Schreckliches gewesen sein, ein Jahrhundertthema angefaßt zu haben, das dann niemand oder nur ganz wenige Leute zur Kenntnis nahmen. Ich stelle mir das wirklich schrecklich vor. Denn dem Mann muß doch jeden Tag sein Tun nicht fragwürdiger, aber doch vergeblicher erschienen sein. Mein Erfolg bei den Lesern ist ein Glücksfall, der mich mehr rührt, als daß er mich zur Selbstüberschätzung führen könnte. Daß das, was man tut, auch wohlwollend aufgenommen wird, finde ich sehr schön. Das kann mich auch nicht irritieren. Natürlich, die Auflagen sind inzwischen beinah schon verdächtig groß – aber es gibt andere seriöse Autoren, die noch höhere Auflagen haben. Von daher sollte mich das nicht ängstlich machen. Wenn ich heute sehe, was ich mir damals aufgeladen habe, in den späten fünfziger, frühen sechziger Jahren, wo ich bereits anfing, das Material zu sammeln, so ist es mir völlig unverständlich, wo ich den Mut hernahm und auch die Kraft. Wenn ich es noch einmal entscheiden müßte, würde ich sagen: Nein. Ich hätte nicht den Mut, das noch einmal anzufangen.

6 Heiter und gelassen

Kempowskis Antworten auf den Fragebogen der «FAZ»

Was ist für Sie das größte Unglück? Unpünktlichkeit anderer.

Wo möchten Sie leben? Zu Hause, in Norddeutschland also.

Was ist für Sie das vollkommene irdische Glück? Harmonisches Familienleben.

Welche Fehler entschuldigen Sie am ehesten? Kleine Lügen.

Ihre liebsten Romanhelden? Pierre Besuchow aus «Krieg und Frieden».

Ihre Lieblingsgestalt in der Geschichte? Cunctator Maximus.

Ihre Lieblingsheldinnen in der Wirklichkeit? Meine Frau.

Ihre Lieblingsheldinnen in der Dichtung? Palma Kunkel.

Ihre Lieblingsmaler? Blechen, zur Zeit.

Ihr Lieblingskomponist? Mahler.

Welche Eigenschaften schätzen Sie bei einem Mann am meisten? Treue.

Welche Eigenschaften schätzen Sie bei einer Frau am meisten? Aufrichtigkeit.

Ihre Lieblingstugend? Pünktlichkeit.

Ihre Lieblingsbeschäftigung? Schreiben.

Wer oder was hätten Sie sein mögen? Ein Elefant.

Ihr Hauptcharakterzug? Hartnäckigkeit.

Was schätzen Sie bei Ihren Freunden am meisten? Kitschlosigkeit.

Ihr größter Fehler? Spontaneität.

Ihr Traum vom Glück? Daß die Gegenwart andauert.

Was wäre für Sie das größte Unglück? Blind sein.

Was möchten Sie sein? Ich selbst.

Ihre Lieblingsfarbe? Grün.

Ihre Lieblingsblume? Bachnelkwurz.

Ihr Lieblingsvogel? Goldammer.

Ihr Lieblingsschriftsteller? Thomas Mann.

Ihr Lieblingslyriker? Morgenstern.

Ihre Helden in der Wirklichkeit? Der Hitlerattentäter Elser.

Ihre Heldinnen in der Geschichte? Judith.

Ihre Lieblingsnamen? Karl.

Was verabscheuen Sie am meisten? Chaos.

Welche geschichtlichen Gestalten verachten Sie am meisten? Ludwig den Frommen, u. a.

Welche militärischen Leistungen bewundern Sie am meisten? Die Thermopylen-Sache und Hannibals Alpenübergang.

Welche Reform bewundern Sie am meisten? Keine, denn: «Vernunft wird Unsinn, Wohltat Plage ...»

Welche natürliche Gabe möchten Sie besitzen? Sportlich sein.

Wie möchten Sie sterben? Schnell.

Ihre gegenwärtige Geistesverfassung? Heiter und gelassen.

Ihr Motto? Laß die Moleküle rasen ... (Chr. Morgenstern).

7 Ein Fall von Philisterei

Walter Kempowski, ein Plagiator?

> Die ganze Geistesgeschichte der Menschheit ist eine Geschichte von Diebstählen. Alexander bestiehlt Philipp, Augustinus bestiehlt Paulus, Giotto bestiehlt Cimabue, Schiller bestiehlt Shakespeare, Schopenhauer bestiehlt Kant. Und wenn einmal Stagnation eintritt, so liegt der Grund immer darin, daß zu wenig gestohlen wird.
>
> *Egon Friedell*

Es komme in der literarischen Welt häufig vor, sagte am 16. Dezember 1828 Eckermann zu Goethe, daß man «an dieses oder jenes berühmten Mannes Originalität zweifelt und die Quellen auszuspüren sucht, woher er sein Kultur hat».

«Das ist sehr lächerlich!» So die Antwort Goethes. «Man könnte ebensogut einen wohlgenährten Mann nach den Ochsen, Schafen und Schweinen fragen, die er gegessen und die ihm Kräfte gegeben. Wir bringen wohl Fähigkeiten mit, aber unsere Entwicklung verdanken wir tausend Einwirkungen einer großen Welt, aus der wir uns aneignen, was wir können und was uns gemäß ist.» Nicht nur lächerlich fand Goethe die Suche nach den Quellen, sondern mehr noch: «Die Deutschen können die Philisterei nicht loswerden.»

Aber wenn der Mann danach ist, dann kann der erste Vers aus dem Kursbuch sein und der zweite eine Gesangbuchstrophe und der dritte ein Mikoschwitz, und das Ganze ist doch ein Gedicht.

Gottfried Benn

Vor mehr als elf Jahren, im Herbst 1978, erschien ein Roman von Walter Kempowski mit dem Titel «Aus großer Zeit». Das Buch gehört in den Rahmen jener weitgehend autobiographischen Familiensaga, die mit Titeln wie «Tadellöser & Wolff» und «Uns geht's ja noch gold» (nicht zuletzt durch Eberhard Fechners Fernsehverfilmung) zu Ansehen und Auflage gekommen ist.

In einem unterscheidet sich dieser Roman von den anderen des Zyklus: Kempowski, Jahrgang 1929, konnte darin nicht aus eigener Erfahrung, aus eigener Anschauung berichten. Der Roman spielt in der Zeit zwischen 1900 und 1918, er stellt die Großeltern des Autors vor. Kempowski hat sich auch in seinen anderen Romanen nicht allein auf die eigene Gedächtnisleistung gestützt, sondern zeithistorische Quellen studiert, seine Verwandten ihre Erinnerungen auf Tonband sprechen lassen und diese Zitate und Originaltöne dann eingearbeitet. Im Fall des Romans «Aus großer Zeit» forcierte er diese Methode: Ein überwiegender Teil geht auf Zeugenbefragungen und Quellenstudium zurück. Der Autor wurde zum Arrangeur, seine Kunst bestand in diesem Fall vorrangig im Aufspüren und Montieren des Materials, im geschickten Anordnen von Sprachfertigteilen und Versatzstücken – Kempowski ist ein Meister solch sprachlicher Polyphonie.

Kempowski hat aus dieser Praxis nie ein Geheimnis gemacht: Warum sollte er auch? Er hat ganz im Gegenteil – mit einem gewissen Künstlerstolz – jedem Forscher, der sich dafür interessierte, bereitwillig Auskunft und Einblick in sein Archiv gegeben. So wurde schon 1979 eine Examensarbeit über den Roman «Aus großer Zeit» geschrieben mit dem Titel: «Untersuchungen zur Verwendung ‹authentischen› (regionalen) Erzählmaterials im Zusammenhang einer Strukturanalyse des Romans».

Kempowski hat etwa die Broschüre eines Rostockers namens Werner Tschirch als solch «regionales» Material verwendet. Aus dem hundertseitigen Heft hat Kempowski nach eigener Schätzung etwa fünf Seiten in die 450 Seiten des Romans eingearbeitet – nicht an einem Stück, sondern hier ein paar Sätze, dort ein paar Sätze, wie es gerade in den Fluß der Erzählung paßte. Kempowski hat die naiven Erinnerungen Tschirchs an das Leben im Rostock der Jahrhundertwende als ein Zeugnis neben anderen verwertet.

Dieses Verfahren ist als literarische Technik, gerade in unserem Jahrhundert, gang und gäbe. Im Zeichen der Collage haben andere Dichter ganz anders zugeschlagen, allen voran Alfred Döblin und Thomas Mann. Im Bewußtsein dieser Tradition (ohne sich deshalb mit den Größen messen zu wollen) hielt Kempowski Hochschul-Vorlesungen, in denen er «Meine Collagetechnik» und «Quellen und deren Verwendung» erläuterte – so im Wintersemester 1983/84 in Hamburg und später andernorts. Dabei ging er nach eigener Auskunft auch auf das Beispiel der Broschüre «Rostocker Leben im Rückblick auf 1900» ein. Es kann keine Rede davon sein, daß er die Übernahmen kaschieren oder verstecken wollte. Seit Jahren liegt die Angelegenheit offen vor den Augen derer, die sich für solche Kleinigkeiten interessieren – eine Fußnote innerhalb der Literaturwissenschaft. In der vergangenen Woche, im Januar des Jahres 1990, hat es jemand fertiggebracht, diese Fußnote auf das Titelbild der Illustrierten «Stern» zu hieven. «Literatur-Skandal» ist dort, rot unterlegt, zu lesen. Und im Blau selbst steht Kempowski am Pranger: Auf einer Doppelseite wird sein Portrait umrahmt von der Überschrift «Der Abschreiber». Einzige Begründung für diese Behauptung, breitgetreten auf sieben Seiten: das Beispiel Tschirch.

Einige kommen spät, aber machen viel Wind. Die Blamage ist gewaltig: nicht für Kempowski, aber für den Verfasser des Artikels und den «Stern».

> Gewisse Schriftsteller sagen von ihren Werken immer: «Mein Buch, mein Kommentar, meine Geschichte». Das erinnert an jene braven Spießer, die bei jeder Gelegenheit «mein Haus» sagen. Es wäre besser, wenn sie sagten: *unser* Buch, unser Kommentar, unsere Geschichte; wenn man bedenkt, daß das Gute darin mehr von andern ist als von ihnen.
>
> *Pascal*

Man könnte über die Blamage einer Illustrierten hinweggehen oder sie mit einem knappen Kommentar abtun (wie postwendend und elegant in der «FAZ», der «Frankfurter Rundschau» und der «Süddeutschen Zeitung» geschehen), wenn sich an diesem Fall nicht Symptomatisches einer bestimmten Art unseres Kulturjournalismus und Medienkarussells aufzeigen ließe. Dazu muß man in die Details gehen.

Da ist zunächst der Verfasser des Artikels. Er ist der uninteressanteste Teil an dieser Geschichte, aber mit seinem offensichtlichen Drang, als Enthüllungsjournalist in die Literaturgeschichte einzugehen, fängt alles an. Er heißt Harald Wieser und hat sich höchstselbst in einem Artikel einmal einen «ätzenden Kritiker» genannt. Entsprechend flott ist er auch in seine blamable Skandalstory geschlittert.

Im «Spiegel» dieser Woche wird die Vorgeschichte erzählt. Wieser war, als ihm vor mehr als einem Jahr eine findige Kempowski-Leserin das Tschirch-Büchlein mit entsprechenden Hinweis schickte, noch «Spiegel»-Redakteur. Er wollte den «Fälscher Kempowski» schon in diesem Blatt auf die Titelseite bringen, doch ein kenntnisreicher Kollege warnte rechtzeitig: Das sei Stoff für eine kleine Glosse, aber nicht für eine Enthüllungsgeschichte. Die Argumente überzeugten die Redaktion, nur einen nicht: Harald Wieser.

Der ging bald darauf als Autor zum «Stern». Um seinen journalistischen Auftritt dort so recht zu inszenieren, griff er in die Tasche und zauberte den Tschirch-Band hervor. Und der unbelehrbare Journalist schrieb einen Artikel, der atemraubend ahnungslos und fahrlässig ist.

Ahnungslos, weil Wieser – mangels literaturgeschichtlicher Kenntnisse – tatsächlich zu glauben scheint, «die Geschichte eines in der modernen deutschen Literatur noch nicht dagewesenen Plagiatsfalles» zu erzählen. Fahrlässig, weil er wissen konnte, daß er keine Entdeckung präsentierte – Kempowski selbst hatte ihm inzwischen ein Privatissimum gegeben. Wieser war im Dezember vergangenen Jahres für drei Stunden in Nartum zu Besuch, um sich informieren zu lassen.

Um sich informieren zu lassen? Es gibt im Journalismus den Ausdruck «kaputtrecherchieren» – damit ist der simple Tatbestand umschrieben, daß es Geschichten gibt, die sich von allein erledigen, wenn man sich vor dem Schreiben nur ausreichend sachkundig macht. Keine Information konnte indes den Journalisten Wieser davon abhalten, seine Kolportage vom «Abschreiber» Kempowski ins Blatt zu heben, der wie ein «Pennäler» beim Schreiben «einfach abpinnt» und seine Vorlage «vor der ungebeten ins Zimmer eilenden Ehefrau versteckt auf seinen Knien» halte und «unruhigen Gewissens» darum bemüht sei, «die Spuren zu verwischen».

Dieser Vorwurf ist besonders infam – und dumm. Gemeint ist nichts anderes, als daß Kempowski die adaptierten Textbruchstücke in seinen Roman mit Kunstverstand und Akribie eingearbeitet hat. So machte er etwa aus einem «Leierkasten» eine «Drehorgel», weil er der Meinung ist, daß dieser Ausdruck im alten Rostock der gebräuchlichere war (der groß ausgespielte Vorwurf Wiesers, Kempowski habe bei diesem Austausch unsauber gearbeitet und einen Relativsatz nicht korrekt angeschlossen, fällt bei genauerem Hinsehen in sich zusammen). Das ist die Arbeit des Schriftstellers, nicht die eines Diebes, der nicht ertappt werden will. So haben, wie man wissen kann, alle gearbeitet, die sich dieser Methode bedienen, von Goethe bis Büchner, in diesem Jahrhundert Brecht, Döblin, Enzensberger, Heißenbüttel, Thomas Mann, Arno Schmidt, Peter Weiss und viele andere.

Infam ist Wiesers Artikel vor allem deswegen, weil er sich den Anstrich gibt, vom Boden literaturgeschichtlichen Wissens aus zu operieren und es sich daher erlauben zu können, «Kempowskis schriftstellerische Existenz durchaus einen Zweifel wert» sein zu lassen. Das ist das

Kalkül dieses Artikels: daß es der Leser nicht besser weiß und daß sich auf diese Weise bestens ein Vorurteil bedienen läßt, nach dem die Künstler ohnehin wenig tun für den Ruhm und die Beachtung, die ihnen zuteil werden. Und dann verdienen sie ihr Geld noch durch Diebstahl ...

Auf diesen Reflex spekuliert die maßlose Präsentation der Bagatelle im «Stern», eine Präsentation, die jeden Sinn für Proportionen vermissen läßt. Hier beginnt das Lehrstück. Nachdem der Zug von einem Journalisten, der von seiner fixen Idee besessen ist, doch noch aufs Gleis gesetzt werden konnte, scheint es keine Bremsen mehr zu geben. Die Inszenierung, nicht mehr die Sache, bestimmt den Fortgang der Handlung. Jetzt zeigt sich, daß die Kampagne gegen Kempowski geschickt eingefädelt worden ist: Der Romancier ist ein bekannter Mann, der Vorwurf verblüffend und grell genug – das Karussell der Medien beginnt sich zu drehen.

Schon zwei Tage vor Erscheinen der Illustrierten meldet die Hamburger Boulevardzeitung «Morgenpost» auf der ersten Seite: «Star-Autor schrieb ab: Was der *stern* über Kempowski enthüllt». Die Lokomotive setzt sich in Bewegung. Zwischen 150 und 200 Anrufen erreichen den Autor Kempowski in den folgenden Tagen, Einladungen zu Interviews und Gesprächsrunden in Radio und Fernsehen. Am Tag des Erscheinens wird die Titelseite des «Stern» sogar in den Tagesthemen präsentiert; dort, wohin sich sonst selten eine literarische Nachricht verirrt, wird der Wieser-Artikel Anlaß zu einer ausführlichen Diskussion.

Dieses alles ist tatsächlich kein Fall Wieser, sondern ein Fall jener Medien, ohne die solche ungebremsten Auftritte nicht möglich wären. Die Sensation ist gefragt. Und da Literatur eine eher stille, zumeist ganz unspektakuläre Angelegenheit ist, die sich für Talk-Shows und Frühstücksfernsehen nicht gerade anbietet, muß der vermeintliche Skandal her. Und wie abwegig eine Behauptung auch sein mag, sie muß nur lautstark und selbstbewußt genug vorgetragen werden, um Wellen zu schlagen und zur Nachricht zu werden. Und da sie Nachricht geworden ist, muß doch etwas dran sein. Hängenbleiben wird auf jeden Fall etwas – vielleicht am Ende mehr an den Initiatoren der Kampagne als an Kempowski.

> Ja, ich muß folgendes feststellen: Manches, was mir in den Büchern und Akten vor Augen kam, schien mir ohne weiteres geeignet – mein Eigentum zu sein. Man meint: Ich hätte beschlossen abzuschreiben? Nein, es war für mich zurechtgestellt, ich hatte Glück, daß ich es fand, darauf stieß.
>
> *Alfred Döblin*

Ist die Methode der tantiemefreien Auswertung fremder Texte in der Literatur also gar nicht problematisch? Doch, freilich. Es handelt sich hier um eine Diskussion, die die Literatur schon seit ewigen Zeiten begleitet und die ihrerseits längst eine literaturhistorische Dimension hat – eine höchst aufregende Debatte, die sowohl ästhetische wie juristische (und natürlich auch ökonomische) Fragen berührt.

Das Problem kann hier nur gestreift werden. Aus vielen Gesprächen in den vergangenen Tagen hat sich ergeben, daß der künstlerischen Produktion nur ungern ein Sonderstatus zuerkannt wird – am wenigsten übrigens von journalistischen Kollegen, die einem Schriftsteller wohl nur ungern gönnen, was sie selbst um den Preis ihrer Ehre nicht dürfen: fremde Texte ohne Anführungszeichen zu übernehmen.

Die Verblüffung, die jeden, der sich mit diesen Verfahren nicht auskennt, bei dem Vergleich von Quelle und literarischem Text befällt, sei zugestanden. Bei einer Gegenüberstellung von Original und Zitat kann die unverblümte Anleihe gelegentlich gar den Fachmann in Erstaunen versetzen – immer wieder freilich auch über das Geschick, mit dem fremde Partikel in ein Werk integriert werden. Das Zitat, schrieb Thomas Mann, habe etwas spezifisch Musikalisches, ungeachtet des Mechanischen, das ihm eigne, außerdem sei es Wirklichkeit, die sich in Fiktion verwandle, Fiktion, die das Wirkliche absorbiere – eine «eigentümlich träumerische und reizvolle Vermischung der Sphären».

Es ist nun keineswegs so, daß Schriftsteller, die Fremdes in Eigenes ummünzen, sich dabei immer wohl in ihrer Haut fühlen. «Gewiß, alle Schuld rächt sich auf Erden!» schrieb der Verfasser des «Doktor Faustus» im Februar 1948 an Arnold Schönberg. «Ich habe, unter Verwendung von viel Wirklichkeits-Montage, allerlei zusammenfabuliert.» Und Thomas Mann versuchte mit launigen Worten, dem Komponisten seine Klage darüber auszureden, daß er nicht als geistiger Urheber der im Roman ausführlich präsentierten Zwölftonmusik genannt werde. «Wer der Schöpfer der sogenannten Zwölf-Ton-Technik ist, weiß heute wohl jedes Mohrenkind.»

Der Dichter gab, vor allem wohl aus Furcht vor Tantiemeforderungen, schnell klein bei und ließ in die folgenden Auflagen des Romans eine entsprechende Notiz einrücken. In dem 1949 nachgelieferten Bericht über die «Entstehung des Doktor Faustus» ist dann wieder viel von «Montage-Technik» die Rede, auch wird manch verstecktes Zitat enthüllt (was nützen die schönsten Funde, wenn kein Leser darauf kommt!) – doch strich Thomas Mann im Manuskript die Zeile, daß «von einem Raube, einer Enteignung weder im Ernst noch im Spiel die Rede sein kann» (sie findet sich erst im Anhang der neuesten Tagebuch-Edition). Man soll die Menschen nicht unnötig auf Ideen bringen, mag er sich dabei gedacht haben. Und so tilgte er auch die schöne Formulierung wieder, «die Geschlossenheit der Sphäre» wolle es, daß «der Name Schönbergs so wenig wie der Nietzsches» im Roman genannt werde.

Dabei ist gerade das eine Antwort auf die häufig wiederkehrende Frage, warum denn die Beute machenden Autoren ihren Kunstwerken nicht wenigstens einen Hinweis darauf folgen lassen, wo sie ihre Beutezüge veranstaltet haben. Warum kein Quellenverzeichnis am Schluß? Es gibt auch dafür Beispiele, eine ganze Reihe sogar: von Johannes R. Becher, der seinem Roman «Levisite» 1926 eine Liste von mehr als 150 Titeln anhängte (die direkt zitierten mit einem Sternchen gekennzeichnet), über Alfred Andersch und Uwe Johnson bis hin zu Christoph Ransmayr (in seinem ersten Roman) – keine Probleme mit der Offenlegung der kompilatorischen Zusammenhänge. Dennoch wird die Mehrzahl der zitierfreudigen Schriftsteller wohl der Auffassung zuneigen, die Heinar Kipphardt 1977 formuliert hat: «Die Authentizität ist Teil einer Kunstanstrengung zu anderen Zwecken als dem der wissenschaftlichen oder naturalen Dokumentation. Die Zwecke des Romans fordern den freien Umgang mit den Materialien, und das macht es unmöglich, die Zitate und Änderungen im einzelnen anzugeben.»

In der Tat, man stelle sich einmal vor, in einem literarischen Text würde jede Anspielung, jede wörtliche oder auch leicht variierte Übernahme per Fußnote ausgewiesen werden! «Der Roman als Collage», schrieb Hans Magnus Enzensberger, «nimmt in sich Reportagen und Reden, Interviews und Proklamationen auf; er speist sich aus Briefen, Reisebeschreibungen, Anekdoten, Flugblättern, Polemiken, Zeitungsnotizen, Autobiographien, Plakaten und Propagandabroschüren.» Der gelungene Roman hat einen großen Magen, und die einzelnen Speisen, die er verschlungen hat, sind am Ende – außer für besessene Spurensucher und buchhalterische Silbendetektive – nicht mehr identifizierbar.

> Es ist wahr: Große Dichter sind oft originell, aber nur, wenn sie müssen. Sie haben nie den Willen zur Originalität: den haben die Literaten. Ein Dichter ist ein Mensch, der sieht und sehen kann, weiter nichts. Und er freut sich, wenn er einmal ganz ohne Einschränkung seinem eigentlichen Beruf obliegen kann: dem des Abschreibens.
>
> *Egon Friedell*

Er verdanke seine Werke keineswegs seiner eigenen Weisheit allein, wußte Goethe, «sondern Tausenden von Dingen und Personen außer mir, die mir dazu das Material boten». Und: «Es kamen Narren und Weise, helle Köpfe und bornierte, Kindheit und Jugend wie das reife Alter:

Alle sagten mir, wie es ihnen zu Sinn sei, was sie dachten, wie sie lebten und wirkten und welche Erfahrungen sie sich gesammelt, und ich hatte weiter nichts zu tun, als zuzugreifen und das zu ernten, was andere für mich gesäet hatten.»

Nein, kein Goethe ist unser Kempowski. Das muß er auch nicht sein, um von sich doch sagen zu dürfen, daß er – gerade in seinem Roman «Aus großer Zeit» – ein begnadeter Sammler ist, der zuhören, zugreifen und ernten kann. Schon früh erkannte das übrigens eine Illustrierte. Sie druckte im Sommer 1978 «Aus großer Zeit» vorab als Fortsetzungsroman. Der Name dieser Illustrierten: «Stern».

8 Vereintes Land

Zwei Antworten Kempowskis zum 3. Oktober 1990

Was erwarten Sie von Deutschland, was wünschen Sie dem vereinten Land?

1. Ich hoffe, daß die dritte Republik in Bescheidenheit ihre Aufgabe in Europa erkennt und wahrnimmt. Daß sie die sich bereits jetzt abzeichnenden Gegensätze zwischen West und Ost tolerant überbrückt und aus den zwangsläufig eintretenden Konflikten mit Gewinn hervorgeht.

2. Daß es von den enormen Schwierigkeiten, die sich aus dem Bankrott des sozialistischen Renommierstaates ergeben, nicht überfordert wird, sondern die phänomenalen Schlaglöcher eines nach dem anderen beseitigt. Im übrigen möchte ich Hoffmann von Fallersleben zitieren: die dritte Strophe seines Deutschlandliedes.

9 Der Herr der Tagebücher

Erster Blick auf das «Echolot» – ein Besuch in Nartum, Dezember 1992

Eines Nachts mußte der Häftling Walter Kempowski in der Elektrowerkstatt aushelfen. Ein Volkspolizist begleitete ihn über den Hof des DDR-Zuchthauses Bautzen. Nie zuvor war der wegen angeblicher Spionage und illegalen Grenzübertritts Verurteilte, damals knapp zwanzig Jahre alt, zu so später Stunde an dieser Stelle gewesen, und nie zuvor hatte er das eigenartige Gebrummel vernommen, das von überall her zu kommen schien. «Was ist das?» fragte er seinen Begleiter.

Das seien die Gefangenen, die sich gegenseitig etwas erzählten, war die Antwort. «Ich wurde über diesen Hof geführt», erinnert sich Kempowski, «und habe plötzlich mitgekriegt, daß sich die tausend oder mehr Häftlinge ununterbrochen etwas zu erzählen hatten, jahrelang, acht Jahre lang, die ich dort verbrachte.»

Der Gedanke, daß all diese Stimmen im Nichts verhallen, daß all die Geschichten verloren sind, daß so viele Erlebnisse und Erfahrungen mit den Toten begraben werden, hat ihn nie mehr losgelassen. Als Schriftsteller hat Kempowski, der, vorzeitig entlassen, 1956 in den Westen kam, seine eigene Geschichte und die seiner Familie festgehalten und aufgehoben: indem er sie erforschte, notierte und ungemein erfolgreiche Romane daraus gewann, Romane, die zum Teil verfilmt worden sind. Das war ihm nicht genug.

Seit einigen Jahren arbeitet Walter Kempowski an einem gewaltigen Projekt: «Echolot». Es kommt seinem Traum von einer umfassenden Dokumentation des vielstimmigen Menschenchors zumindest nahe. Ein wahnwitziges Unternehmen, dem er sich da verschworen hat. Vielleicht wird sich «Echolot» als eines der letzten großen literarischen Wagnisse dieses Jahrhunderts erweisen: eine kollektive Alltagschronik und -collage, gegen die sich einst die Folianten eines Arno Schmidt wie Broschüren ausnehmen könnten.

Menschliche Komödie im O-Ton: Ursprünglich plante Kempowski, der seit 1980 ein «Archiv für unpublizierte Biographien» unterhält und sich heute von zwei weiblichen Hilfskräften bei der Auswertung helfen läßt, eine gigantische Textmontage aus der Zeit vom 1. Januar 1943 bis zur Gründung der beiden deutschen Staaten 1949. Auf gut 20 000 Seiten wäre das gekommen – so eine frühe, eher vorsichtige Schätzung.

Mittlerweile hat der Herr der Tagebücher sein Puzzle aus Fremdstimmen, ein work in progress, eingegrenzt – zumindest hinsichtlich der anstehenden Veröffentlichung. Monoman und monumental genug bleibt das ehrgeizige Projekt trotzdem. Im Herbst 1993 soll ein erster Komplex erscheinen, streng beschränkt auf die Monate Januar und Februar 1943. Allein diese Kostprobe wird knapp 3000 Seiten umfassen: vier Bände mit Register im Schuber.

Der Arbeitstitel «Echolot» ist der Seefahrt entliehen. Dort bezeichnet das Wort ein Gerät, das Schallwellen aussendet und empfängt. Mit ihnen wird die Beschaffenheit des Untergrundes abgetastet – und das unter der Oberfläche Versteckte in Umrissen greifbar.

Als die Vorarbeiten für den ersten «Echolot»-Komplex Ende 1991 weitgehend abgeschlossen waren, erlitt Kempowski einen Schlaganfall. Er hat sich davon bemerkenswert gut erholt. Mit traumwandlerischer Sicherheit bewegt er sich inmitten der Tagebücher, Fotoalben, Briefsammlungen und sonstigen Dokumente des Archivs, oben im ersten Stock seines Hauses.

Später einmal möchte er das alles der Universität seiner Heimatstadt Rostock vermachen. Die Summe dessen, was er bisher zusammengetragen hat, ist schwindelerregend. Rund 300 000 Bilder sind hier gesammelt und registriert, gut 3000 biographische Texte stehen in den Regalen.

An ein Wunder grenzt das Vertrauen, das völlig Unbekannte in den Autor Kempowski setzten und weiterhin setzen. Der Zustrom reißt nicht ab. In Kleinanzeigen, auf Lesungen hat der Unermüdliche für sein Archiv geworben, auf Flohmärkten gesucht, einmal – in Göttingen – auch einen Karton mit Fotos aufgehoben, die auf der Straße lagen, achtlos fortgeworfen: Bilderchronik eines Lebens.

Das meiste kommt per Post ins Haus. Und immer noch ist Kempowski der erste, begierige Leser. Menschen schikken ihm ihre Lebensbeichte oder die Autobiographie eines Unbekannten, die sie auf dem Dachboden gefunden haben. Tagebücher («Es ist so ein bißchen Voyeurismus dabei») sind ihm am liebsten.

Das Interesse an erlebter und erzählter Geschichte, andernorts hochtrabend als «oral history» zu Ehren gekommen, bildete den Ausgangspunkt des Schriftstellers Kempowski. Schon in den fünfziger Jahren, gleich nach seiner Entlassung aus der Haft, befragte er vor dem Tonband seine Mutter und andere Familienmitglieder: Keimzelle der zu Beginn der siebziger Jahre – mit dem Roman «Tadellöser & Wolff» – gestarteten mehrbändigen «Chronik des deutschen Bürgertums», jener weitgehend autobiographischen Familiensaga, die Kempowski berühmt gemacht hat.

Es folgten bald gezielte Befragungen bei Zufallsbegegnungen, was zu Büchern wie «Haben Sie Hitler gesehen?» oder «Haben Sie davon gewußt?» führte – hausgemachte Demoskopie mit verblüffenden Ergebnissen.

Nun wächst, mit dem «Echolot»-Giganten, eine neue Dimension hinzu. Für Kempowski sind das zwei «Etagen», die zusammengehören: «Oben die Chronik mit den Beiwerken, unten das Echolot-Material.» Ein Gesamtkunstwerk.

Die Frage ist natürlich: Wer wird das alles lesen wollen? Tagebuch- und Briefschnipsel von Unbekannten und Bekannten hat Kempowski zu einem neuen Ensemble kompiliert und sich dabei längst publizierter Quellen bedient: der Tagebücher Thomas Manns ebenso wie der Briefe Himmlers. Er ist der Arrangeur, der Chorführer: «Man muß die vielen Äußerungen der Menschen aufeinander beziehen, man muß sie einen Dialog führen lassen. Ganz behutsam, das darf der Leser kaum merken.» Ohne Computer, sagt er, wäre das alles nicht gegangen.

Mit seinem Zitiereifer steht Kempowski in der Literatur des 20. Jahrhunderts keineswegs allein da. Zur Zeit des Ersten Weltkriegs montierte Karl Kraus aus einer Vielzahl von Stimmen sein mehrere Abende füllendes Drama «Die letzten Tage der Menschheit» – mehr als ein Drittel davon Zitat. Kraus meinte dazu: «Als ob man so etwas erfinden könnte und als ob mein Anteil an diesen Gestaltungen darüber hinausginge, daß ich zu allem, was es gab, am rechten Ort und zur rechten Zeit die Anführungszeichen gesetzt habe.» Zu zitieren und zu fotografieren – darin sah Kraus schon 1914 eine ideale Möglichkeit, das noch junge Jahrhundert zu erfassen.

Das «Echolot» beginnt am 1. Januar 1943, vor fast genau 50 Jahren. Das hat seinen Sinn: Die deutsche Expansion hatte ihr größtes Ausmaß gerade überschritten. Es ist erstaunlich zu verfolgen, wie in Briefen und Tagebüchern – dem Tagesbefehl Hitlers zum Trotz – die Ahnung vom kommenden Ende spürbar wird. Bis zur Kapitulation in Stalingrad ist es noch einen Monat hin. Landser-Seligkeit kommt auf diesen Seiten nur selten auf.

10 «Bis ans Ende meiner Tage»

Interview in Nartum, September 1993

FRAGE: Herr Kempowski, Sie sind ein erfolgreicher Schriftsteller. Wissen Sie, wie viele Bücher Sie bis heute insgesamt verkauft haben?

KEMPOWSKI: Es werden wohl mehr als eine Million sein.

FRAGE: Man hat Ihnen immer wieder vorgeworfen, Ihr Romanzyklus, Ihre «Chronik des deutschen Bürgertums» verharmlose die Nazi-Jahre. Berührt Sie das noch?

KEMPOWSKI: Dieser Vorwurf stammt von Leuten, die nicht alles gelesen haben. Immerhin gehört zur «Chronik» zum Beispiel auch ein Buch über Konzentrationslager.

FRAGE: Zu Zeiten, als ein guter Schriftsteller ein linker Schriftsteller zu sein hatte, gaben Sie, als erprobter Dorfschullehrer, ein Votum für die Zwergschule ab. Auch sonst entsprachen Ihre Ansichten nicht immer den gerade aktuellen Übereinkünften. Fühlen Sie sich manchmal einsam?

KEMPOWSKI: Das Schlimmste, was einem Autor passieren kann, ist: recht zu behalten. Was er befürchtet hat, trifft ein, und dafür hassen ihn die anderen. Ich habe leider kaum gesellschaftlichen Kontakt.

FRAGE: Es galt bei linken Intellektuellen hierzulande lange Zeit als unfein, die DDR ein Gefängnis zu nennen. Sie haben die DDR aus der Perspektive des politischen Häftlings beschrieben: in Ihren Büchern «Im Block» und «Ein Kapitel für sich». Haben Sie sich auch dadurch in der Bundesrepublik Feinde geschaffen?

KEMPOWSKI: Ja, von einem Teil der literarischen Öffentlichkeit wurde ich abgeschafft.

FRAGE: Im Januar 1990 waren Sie erstmals seit langer Zeit wieder in Rostock zu einer Lesung. Ein aufregendes Gefühl?

KEMPOWSKI: Ich mußte Valium schlucken, 2 mg, sonst hätte ich es nicht durchgestanden. Ich war wieder zu Hause, und ich wurde von den Rostockern freundlich aufgenommen.

FRAGE: In Ihrem Tagebuch «Sirius» heißt es, Sie hätten als Kind drei Berufswünsche gehabt: Schulmeister, Schriftsteller, Archivar. Und Sie zitieren sich als Kind mit dem Satz: «Ich will später Archiv werden!»

KEMPOWSKI: Da war ich etwa zehn Jahre alt, und mein Vater stand mit mir vor der Universität und begrüßte einen Regimentskameraden. Der war es, der mich fragte, was ich werden wolle. Und da sagte ich das eben. Ich hatte eine Schwäche für Karteien. Ich spielte gern mit leeren Karteikarten, besaß mehrere Karteikästen in verschiedenen Größen, wußte jedoch nicht, was ich damit anfangen sollte. Büromaterialien haben mich immer fasziniert. Ein sauber angespitzter Bleistift, ein Füllfederhalter mit goldener Feder, Ordner, Vorordner, Notizbücher jeder Art und Karteien.

FRAGE: Was sind Sie denn nun: Schriftsteller oder Sammler?

KEMPOWSKI: Wie man den Trinker vom Trinkenden unterscheidet, so den Sammler von dem, der sammelt. Ich hebe auf, was mir des Aufhebens wert scheint. Schon in den fünfziger Jahren habe ich meine Mutter vor ein Tonband gesetzt und sie über ihr Leben befragt. Einerseits, weil mich das interessierte, andererseits, um mir eine solide Grundlage für meine Romane zu schaffen. Es blieb nicht dabei. Neben meiner Mutter, die eine erstrangige Quelle für meine spätere «Chronik» war, kamen Menschen bei mir zu Wort, die von Landsmannschaften «Erlebnisträger» genannt werden. Verwandte, auch Schulkameraden meines Vaters. Diese Art der Befragung hat mir Spaß gemacht. Zunächst waren das für mich nur Gespräche. Irgendwann habe ich damit begonnen, sie in Schrift zu übertragen. Und es wurde mir klar, was sich da für ein Schatz angesammelt hatte: Plötzlich lag ein Mosaik der jüngeren Geschichte, säuberlich getippt, vor mir: zum Nachblättern.

FRAGE: Das war der Anfang?

KEMPOWSKI: Ja. Als ich später Romane über eine Zeit schrieb, die ich nicht selbst erlebt hatte – die Kaiserzeit, die Weimarer Zeit –, da bin ich dann wieder losgezogen und habe Teilnehmer des Ersten Weltkriegs interviewt, die ja damals noch lebten. Heute sind sie alle tot. Was sie mir erzählten, habe ich in meinen Romanen verarbeitet. – Später hat sich das Befragen von Zeitzeugen verselbständigt. In den siebziger Jahren habe ich damit begonnen, Autobiographien und Tagebücher von Menschen zu sammeln, die zu mir in keiner persönlichen Beziehung standen. Ich habe ein privates Archiv für unveröffentlichte Biographien gegründet.

FRAGE: Sie haben sogar in Zeitungen annonciert: «Walter Kempowski sucht Tagebücher und Briefe.»

KEMPOWSKI: Zu meinem großen Erstaunen kommt auch

heute noch regelmäßig etwas ins Haus. Und zwar gerade so viel, daß ich den Überblick behalte. Etwa zwei bis drei größere Sendungen wöchentlich – handschriftlich geführte Tagebücher, riesige Briefkonvolute und sauber gebundene Autobiographien. Es kamen schon gereimte Lebensläufe.

FRAGE: Warum vertrauen Ihnen die Menschen das an?

KEMPOWSKI: Bei einigen dieser Einsender spüre ich deutlich, daß sie sich ganz bewußt an den Autor Kempowski wenden. Ein Arzt aus Osnabrück hat mir mal einen langen Lebensbericht geschickt und nach zwei Jahren mit dem Ausdruck des Bedauerns wieder zurückerbeten. Seine Söhne hätten ihm Vorwürfe gemacht, daß er das weggegeben hat. Vorher hatten sie sich nicht dafür interessiert … Natürlich habe ich das zurückgeschickt. Ich bin schließlich nur die Anlaufstation für etwas, das sonst kein Interesse findet, nicht geachtet wird und vielleicht sogar weggeworfen oder vernichtet werden würde.

FRAGE: Kann es sein, daß viele froh sind, eine solche Anlaufstelle zu haben, wo sie das loswerden?

KEMPOWSKI: Vielleicht. Aber für manche bin ich auch so etwas wie ein Beichtvater. Bei mir sind die Geheimnisse gut aufgehoben. Andere schreiben: «Was Sie damit machen, ist uns egal.» Manche melden sich dann nach vier, fünf Jahren wieder: «Was ist eigentlich damit geworden?» Und dann schicke ich ihnen die Nummer, unter der ihr Text im Archiv abgelegt ist. Es kommt auch vor, daß plötzlich einer vor der Tür steht und seine Biographie mal wieder sehen möchte.

FRAGE: Wie organisiert man das alles? Haben Sie noch Zeit für anderes?

KEMPOWSKI: Der Nachteil ist, daß ich zum Lesen von Büchern kaum noch komme. Und wenn, lese ich auch dann am liebsten Tagebücher und Autobiographien. Das ist wie eine Sucht.

FRAGE: Und wenn neue Post kommt – immer noch aufregend?

KEMPOWSKI: Immer, ja. Da kommen Schicksale ins Haus, da bleibt einem die Spucke weg. Eine Frau etwa schildert, wie sie beim Untergang eines Flüchtlingsschiffes ihre fünf Kinder verliert, die vor ihren Augen von Eisschollen zerquetscht werden. Solche Briefe kommen dann irgendwann hier an, an einem beliebigen Mittwoch: Ich lese das, und mir sträuben sich die Haare. Wissen Sie, ich glaube nicht, daß es einen zeitgenössischen Roman gibt, der es mit der Substanz dieses Archivs aufnehmen könnte. Das fasziniert mich.

FRAGE: Können Sie sich überhaupt noch vorstellen, einen Roman, eine Fiktion zu schreiben?

KEMPOWSKI: Das Tagebuch wird für mich immer wichtiger. Mein Tag ist zweigeteilt: Für meine Romane sind Nachmittag und Abend reserviert. Am Vormittag widme ich mich dem Archiv und der Post. Und gleich nach dem Aufstehen schreibe ich Tagebuch, morgens fallen mir die wichtigsten Erlebnisse des Vortages ein. Aber auch während des übrigen Tages begleitet mich das Tagebuch. Meine Frau ist schon eifersüchtig darauf! Ich führe ein großes und ein kleines Heft. Das kleine steckt in meiner Hosentasche. Das große liegt neben meinem Bett. Das «Echolot»-Projekt hat in den vergangenen Jahren alle anderen langsam überwuchert. Aber ich habe auch Romanpläne.

FRAGE: Und wie paßt das eine zum anderen?

KEMPOWSKI: Im Grunde sind das zwei Welten. Die Romane sind wie eine Höhle, in die ich mich zurückziehe. «Echolot» bedeutet Arbeit im Team. Ich habe eine fabelhafte Mitarbeiterin. Die arbeitet oben in den Archivräumen, da ist Hektik, da klingelt das Telefon, kommt ein Fax an ... Ich sitze unten und «behalte den Überblick».

FRAGE: Welchen Zusammenhang gibt es zwischen Ihrer weitgehend autobiographischen Romanchronik und dem «Echolot»?

KEMPOWSKI: Das «Echolot» ist eine Art Parallelunternehmen, gewissermaßen der zweite Rumpf des Katamarans.

FRAGE: Wenn Sie also aus diesen fremden Materialien ein Buch machen, Ihr «Echolot», sind Sie dann mehr als bloß Arrangeur und Herausgeber?

KEMPOWSKI: In einer regelrechten Dokumentation könnte man auf statistische, graphische Darstellungen und Belehrungen nicht verzichten. Im «Echolot» wird niemand belehrt. Das «Echolot» ist keine Dokumentation, sondern eine Collage. Ich rekonstruiere aus Fotos, Tagebüchern und Briefen einen großen Dialog, der meine «Chronik» wispernd begleitet. Ich schneide meinen Film aus vielen Einzelschicksalen zusammen. Das ist die Arbeit eines Autors, nicht eines Herausgebers.

FRAGE: Der Kalender gibt Ihnen doch den Rahmen vor?

KEMPOWSKI: Arno Schmidt hat einmal gesagt, das Datum sei das dümmste Ordnungsprinzip oder so ähnlich. Es ist eines unter anderen. Auf eine chronologische Anordnung kann ich beim «Echolot» nicht verzichten, weil sich sonst kein Mensch mehr zurechtfinden würde. Innerhalb der Chronologie werden die vielen Äußerungen ergänzt und zusammengehalten durch übergreifende Texte und vertieft durch Rückblenden in die Vorkriegszeit.

FRAGE: Wie kam es zum Namen «Echolot»?

KEMPOWSKI: Der Titel war eines Tages einfach da. Er stand schon 1985 fest. Ich weiß das deswegen so genau, weil ich mir damals einen Computer anschaffte – und da mußte ich dem Kind einen Namen geben. Ein Echolot ist ein Gerät, mit dem man den Grund abtastet, über den man dahingleitet. Ich merkte bald, daß mein ursprünglicher Plan, die Zeit vom 1. Januar 1943 bis zur Gründung der DDR und der Bundesrepublik day by day aus diesem Material zu dokumentieren, nicht zu realisieren war. Der Umfang hätte jede vernünftige Arbeit unmöglich gemacht, erstickt. So trennte ich als einen ersten Komplex den Beginn des Jahres 1943 ab und schob alles andere erst einmal beiseite. Damals hatte das Dritte Reich nach innen und außen den Höhepunkt seiner Macht erreicht und war im Begriff, ihn zu überschreiten: Deutsche Soldaten standen an der Wolga, am Nordkap, in Afrika und am Atlantik, die U-Boote operierten im Sankt-Lorenz-Strom – es ist überraschend, wie oft sich in Notizen und Briefen aus dieser Zeit schon die Frage findet: Ob das gut geht? Man hatte das Gefühl, daß der Bogen überspannt war: Und genau hier setze ich mit dem «Echolot» ein. Es geht mir nun zunächst um die Monate Januar und Februar 1943. Das komplette «Echolot» verschieben wir auf später. Alles auf einmal könnte ohnehin kein Verlag und kein Leser verkraften.

FRAGE: Und das geht von Tag zu Tag? Behält der Leser da die Übersicht?

KEMPOWSKI: Manches Schicksal begleitet der Leser in der Tat von Tag zu Tag: Das ist das «horizontale Prinzip». Und es sind Schicksale, an denen man Anteil nimmt, von denen man gern wissen möchte, wie und wo sie enden. Es gibt darüber hinaus wiederkehrende Elemente, die das «Echolot» zusammenhalten: Jeder Tag beginnt mit der Krankenakte Hitlers (wie viele und was für Pillen er gekriegt hat) und endet mit einem Auszug aus Danuta Czechs Auschwitz-Kalendarium.

FRAGE: Ist es diese Gleichzeitigkeit von Entsetzlichem und Banalem, die Sie fasziniert?

KEMPOWSKI: Ich erinnere mich an zwei Bilder aus meiner Vergangenheit. Einmal saß ich, gegen Ende des Krieges, daheim in Rostock bei den Schularbeiten – und vor dem Fenster zogen die Flüchtlinge aus dem Osten vorbei: mit Kind und Kegel, vorne ein Pferd, hinten noch eine Ziege drangebunden. Und ich saß da und befaßte mich mit «Johanna von Orleans»! Drei Jahre später saß ich mit meinem Bruder zusammen in einem Güterwagen hinter Gittern, auf dem Weg nach Bautzen. Einer der russischen Bewacher öffnete ein wenig die Tür – und so konnten wir draußen ein bürgerliches Ehepaar spazierengehen sehen. Er mit Knickerbocker und Zigarre, sie im Blumenkleid mit Hut; beide bemerkten uns gar nicht.

FRAGE: Ihr «Echolot» ist ein gewaltiges Unternehmen. Verschlingt es Sie, oder werden Sie eines Tages den Kopf wieder daraus erheben können?

KEMPOWSKI: Ich glaube, die Arbeit am «Echolot» wird mich bis ans Ende meiner Tage begleiten. Sie hält mich wach und beruhigt mich zugleich.

FRAGE: Wie viele Dokumente liegen bei Ihnen daheim?

KEMPOWSKI: Rund 300 000 Fotos und mehr als 3000 schriftliche Dokumente, also Autobiographien, Tagebücher, Briefkonvolute. Es sind komplette Lebensdokumentationen dabei (eine umfaßt 187 Leitz-Ordner!), auch bloße Bruchstücke, die nur aus einem einzigen Blatt bestehen. Natürlich reizt es mich, irgendwann einmal, jenseits des «Echolot»-Zusammenhangs, einige dieser Fundstücke nicht mit anderen Stimmen vermengt, sondern für sich allein herauszugeben. Das habe ich in drei Publikationen auch schon getan. Manche dieser Menschen, die ich durch ihre Tagebücher kennengelernt habe, sind mir innerlich ganz nah – für deren Hinterlassenschaft möchte ich mich einsetzen. Das habe ich aber zunächst zugunsten des «Echolots» zurückgestellt. Ich habe die betreffenden Manuskripte gekennzeichnet. Das mag später geschehen.

FRAGE: Was soll aus dem Archiv einmal werden, wenn die Bücher erschienen sind?

KEMPOWSKI: Ich wünsche mir von Herzen, daß dieses ganze Archiv einmal von der Universität meiner Heimatstadt Rostock übernommen und verwaltet wird. Auch meine Manuskripte und die riesige Fotosammlung: Das soll alles irgendwann nach Rostock kommen.

FRAGE: Sie sind ein emsiger Tagebuchschreiber. Ihr Buch «Sirius» gab davon erste Proben zu Lebzeiten. Kommt noch mehr?

KEMPOWSKI: Ja, das Tagebuch der deutschen Wiedervereinigung ist in Vorbereitung. Es wird den Titel «Alkor» tragen.

FRAGE: Sie leben in Ihrem Haus mit vielen fremden Stimmen zusammen, gesammelt in Tagebüchern und Briefen. Ist das nicht manchmal unheimlich?

KEMPOWSKI: Nachts, wenn ich nicht schlafen kann, gehe ich hinüber und beschäftige mich mit den «Stimmen», das ist tröstlich.

FRAGE: Ihrem «Echolot» sind Fotos beigegeben. Nach welchem Prinzip?

KEMPOWSKI: Es handelt sich ausschließlich um unpublizierte Fotos, einerseits «aus der Zeit», also aus dem Jahr 1943, andererseits um Fotos, die im «Zeitsprung» die Ursache des Desasters aufzeigen, also solche aus den dreißiger Jahren.

FRAGE: Und Sie selbst tauchen auf den Tausenden von «Echolot»-Seiten gar nicht auf?

KEMPOWSKI: Ein einziges Mal – gewissermaßen als Stifterfigur. An dieser Stelle kreuzen sich «Chronik» und «Echolot».

FRAGE: Hat sich die ganze Arbeit gelohnt?

KEMPOWSKI: Ja, ich fühle mich deshalb so gut, weil ich spüre: Hier hast du deine Kraft nicht vergeudet, hier hast du deinen Zeitgenossen einen Dienst erwiesen.

11 Ein Etüdenspiel

Kempowskis Antwort zum Thema Tagebuch

1. Wie regelmäßig führen Sie ein Tage- oder Notizbuch?
2. Lesen Sie gern Tagebücher?
3. Kann ein Tagebuch literarischen Rang gewinnen?

Seit langem bin ich daran gewöhnt, ständig ein Tagebuch mit mir herumzutragen. Ich habe großformatige Tagebücher und kleine. Die großen (meist Blindbände des Verlages) sind für zu Hause bestimmt, die kleinen handlicheren nehme ich mit auf die Reise. Mit dem Tagebuchschreiben begann ich 1945 beim Einmarsch der Roten Armee. Ich saß am Fenster und notierte, was ich sah, und auch das, was ich hörte, die Gerüchte und die zum Teil dramatisch aufgeputzten Russen-Geschichten, die sich die Nachbarn erzählten. Diese frühen Tagebücher liegen jetzt wahrscheinlich in Moskau, denn sie wurden mir bei meiner Verhaftung abgenommen und brachten mir den Straftatbestand «Antisowjetische Einstellung» ein. Im Zuchthaus konnte ich leider nichts notieren, da war jegliches Schreiben verboten, das bedaure ich noch heute, aber nach meiner Entlassung begann ich sofort wieder damit, und bis heute ist das Tagebuch mein ständiger Begleiter.

Meistens mache ich nachts meine Eintragungen, im Bette liegend. Morgens früh nehme ich das Buch gleich wieder vor, und dann trage ich Träume ein und das, was mir in der

Nacht wundersamerweise von selbst noch nachgewachsen ist. Da ich das Haus selten verlasse, schreibe ich auch tagsüber jede nur denkbare Beobachtung ein, auch Reflexionen und all das, was ich mir sonst nicht durchgehen lassen darf: Klagen und Schimpfereien.

Im Tagebuch werden Gedanken für Buchprojekte notiert, und zwar nach Kennziffern (damit ich sie wiederfinde). Für die tägliche Lektüre, Musik, die ich höre, Fernsehbeobachtungen, Wetter gibt es besondere Rubriken. Ich schneide auch Bilder aus Zeitungen aus, wenn sie mir aus irgendeinem Grunde auffallen, und klebe sie dazu. Politisches Tagesgeschehen findet selten Eingang in mein Tagebuch, es sei denn, es betrifft mich direkt (der Fall der Grenze und die Rückkehr nach Rostock). Manchmal lasse ich die Tagebücher herumliegen, und dann freut es mich, wenn Fremde darin blättern. Weil das häufiger geschieht, also ganz offensichtlich ein Interesse an meinen Aufzeichnungen besteht, habe ich vor einigen Jahren den «Sirius» veröffentlicht.

Mein jetziges Tagebuch trägt die Nummer 111, jeden Tag kommen zehn, manchmal auch mehr Seiten dazu, ich freue mich, wenn sich die Bücher füllen, das ist wie ein sich selbst vermehrender Schatz. Tage ohne einen Eintrag kommen mir dumm und leer vor. Ich muß auch sagen, daß das Tagebuchschreiben für mich den Charakter des Etüdenspielens hat. Immer wieder bin ich verblüfft, wie die Tatsächlichkeiten in der Reflexion ihren fiktiven Charakter freigeben. Erst in der Ausformulierung entstehen die Tatsachen, an denen ich mich orientiere. Ich vervielfache mein Leben durch die täglichen Notate, ja, ich erfülle es.

Tagebücher anderer Autoren lese ich nur dann gern,

wenn es echte Tagebücher sind (Thomas Mann, Cheever), also nicht nachträglich für den Leser verfaßte («Heute kam Hermann, mein Bruder, mit seiner Frau Ilse ...»). Das bedeutet nicht, daß ein Autor seine Tagebücher vor einer Veröffentlichung nicht noch einmal überarbeiten könnte oder dürfte. Man bekommt Briefe und schreibt welche, und diese Art Texte gehen ja auch den Tag an, warum sollte man sie nicht «einarbeiten»?

Ein Schriftsteller, der kein Tagebuch schreibt, ist irgendwie schief gewickelt, mit dem stimmt was nicht. Höchst interessant ist es, daß Rühmkorf sein Tagebuch von 1989 veröffentlicht (wunderbar wäre es, wenn ich darin vorkäme). In zwei Jahren kann er in meinem «Alkor '89» nachlesen, wo überall ich anderer Meinung bin als er. Auch Margarete Hannsmann hat ihre Notizen von 1989 veröffentlicht, die drei Texte könnte man dann parallel lesen. Verschiedene Tagebücher day by day nebeneinanderzustellen, das ist von großem Reiz, ich habe das in meinem «Echolot» gemacht.

12 Hauptsache, nicht lockerlasssen

Zwei Antworten zur Jahrtausendwende

1. Wie wollen Sie verhindern, daß Sie von Januar an bloß noch als Künstler des letzten Jahrhunderts gelten?
2. Wird nach Ihrer Einschätzung die Kultur im nächsten Jahrhundert wichtiger oder unwichtiger?

1. Es geht ja schon damit los, daß man als Jahrgang '29 von Geburt an aus einer anderen Zeit stammt. Ein 20er zu sein ist, wenn man alles überstanden hat, etwas Besonderes, so wie die Herren des Jahrgangs '10, die ja noch unter uns sind, quasi von Natur aus unsereinem überlegen sind. Abgesehen davon, daß man ja hoffentlich nicht noch im Jahre '99 sterben wird, mag gerade die Tatsache, daß man noch in die Weimarer Republik hineinreicht, dazu beitragen, daß man auch im nächsten Jahrhundert der Menschheit noch etwas zu sagen hat. Hauptsache ist: nicht lockerlassen, Hauptsache: überhaupt Künstler und Hauptsache: überhaupt gelten.

2. Wenn wir uns erst an das Verfallsdatum '00 gewöhnt haben und mit '02 oder '03 uns bereits auf dem Weg befinden, werden wir feststellen, daß sich die Kultur wie eh und je um uns ausbreitet. Da sie dann älter ist, wird sie reicher werden. Zu hoffen ist, daß man sich mehr mit den Schätzen der Vergangenheit beschäftigt. Apropos Kultur: Wenn recht viele Ausländer eingebürgert werden, kann es mit der Kultur ja nur aufwärts gehen.

13 «Das hatte biblische Ausmaße»

Interview in Nartum, Februar 2000

FRAGE: Herr Kempowski, im zweiten Teil Ihrer großen Zitatcollage «Echolot» aus dem Zweiten Weltkrieg berichten Augenzeugen von der Bombardierung Dresdens im Februar 1945. Über eigene Erfahrungen im Inferno schweigen Sie. Sie haben aber auch selbst Luftangriffe erlebt?

KEMPOWSKI: Meine Heimatstadt Rostock war 1942 nach Lübeck die zweite deutsche Stadt, die zerstört wurde. Fast die ganze Altstadt brannte ab, ein Drittel der Stadt. Von heute aus gesehen glaube ich, daß damit eigentlich meine Kindheit beendet war, es hat einen Schnitt gegeben. Die Flugzeuge kamen nachts, man hörte sie, man hörte das Schießen der Flak, ein furchtbares Durcheinander. Und wir saßen in einem nicht abgestützten Keller, es war ein unaufhörliches Gekrache. Absolut neuartig.

FRAGE: Woran erinnern Sie sich besonders gut?

KEMPOWSKI: Ich hatte mich an die Straßenseite des Kellers gesetzt, und da sagte meine Mutter zu mir: «Junge, komm mal ein bißchen hier rüber!» Und in dem Augenblick, nachdem ich gerade den Platz gewechselt hatte, fiel draußen eine Schaufensterscheibe zusammen. Die Splitter hätten mir ohne weiteres den Hals durchgeschnitten.

FRAGE: Wie sah es am nächsten Tag aus?

KEMPOWSKI: Ein Tohuwabohu. Häuser brannten, ohne daß sich jemand darum kümmerte. Hausrat wurde raus- und reingetragen. Leichen lagen auf dem Bürgersteig. Kein Mensch wußte, wo er helfen sollte.

FRAGE: Angedeutet haben Sie diese Vorgänge 1971 in Ihrem berühmten und später auch verfilmten Roman «Tadellöser & Wolff» – eher nebenbei, leicht unterkühlt. Oder täuscht das?

KEMPOWSKI: Das stimmt. Ich lese heute diese Passagen nicht gern. Ich habe den Eindruck, daß ich mich damals über meine eigenen Gefühle fast etwas lustig gemacht habe. Vielleicht erklärt sich das dadurch, daß ich den Roman Ende der sechziger Jahre geschrieben habe, und da waren die Eindrücke noch frisch. Man wollte die Selbstbetrauerung, das Selbstmitleid nicht hochkommen lassen. Vielleicht wollte ich mich auch ein bißchen lustig über die Leute machen, die da ihr eigenes Unglück betrauerten, ohne daran zu denken, daß es eigentlich nur die Wirkung einer Ursache gewesen war.

FRAGE: Sie haben aber auch noch andere Angriffe als die auf Rostock erlebt?

KEMPOWSKI: Ja, ich habe die großen Angriffe auf Hamburg miterlebt. Meine Mutter meinte, mich unbedingt in die Sommerfrische schicken zu müssen. Und da fiel ihr, im Juli 1943, ausgerechnet Hamburg ein. Mein Großvater wohnte dort. Es flogen Hunderte von Bombern über der Stadt. Ich sehe mich noch im Keller sitzen und habe dieses widerwärtige Geräusch im Ohr, das Pfeifen der fallenden Bomben. Am nächsten Tag geriet ich mitten in der Stadt in einen noch schlimmeren Angriff. Ich überlebte in einem Bunker. Zunächst merkte man da drinnen nichts. Man hörte wohl das Gebumse, gedämpft durch die dicken Mauern. Dann wurde der Sauerstoff knapp. Die Ventilatoren arbeiteten nicht mehr, es kam heiße Luft herein. Die Leute fingen an, unruhig zu werden. Kinder und Frauen schrien, manche gebärdeten sich hysterisch, warfen sich auf den Boden, andere beteten plötzlich, ganz sonderbar.

FRAGE: Wie kamen Sie da raus?

KEMPOWSKI: Zunächst gar nicht. Die alten Männer, die da Wache hielten, wußten: Es geht nicht. Als die Türen kurz geöffnet wurden, kam ein Gluthauch herein. Da wurde uns klar, wenn das hier so weitergeht, gehen wir alle drauf. Später wurden jeweils drei Leute rausgelassen, mit feuchten Decken umhüllt. Ich spüre es heute noch an den Augenlidern, wie es da schmerzte. Es war eine unglaubliche Hitze. Manche sind in die Fleete gesprungen, da brannte Öl auf dem Wasser, grauenhaft. Tote lagen herum: die frischen Toten und die vom Vortag – verkohlte, holzstückartige Menschen, mit herausgequollenen, roten Eingeweiden. Und da stand man als Halbwüchsiger und sah sich das an. Ich bin dann nach Hause gegangen, zu meinem Großvater. Sein Haus brannte nicht, wohl aber das des Nachbarn. Der saß in einem Sessel vor diesem brennenden Haus und sah zu, wie es abbrannte. Ich lief hinein – und griff ein billiges Schiffsmodell. Das habe ich ihm rausgetragen und auf seinen Schoß gesetzt, absurd. Das war mein Beitrag zur Rettung des Bürgertums.

FRAGE: Blieben Sie in Hamburg?

KEMPOWSKI: Nein, ich bin sofort zum Bahnhof Wandsbeker Chaussee gelaufen. Da lagerte eine unübersehbare Menschenmenge, merkwürdigerweise ging niemand ins Gebäude hinein. Die Leute warteten wohl auf spezielle Transportzüge. Ich bin mit dem erstbesten Zug ganz einfach nach Lübeck gefahren und war eine Stunde später in Sicherheit. Dort waren halbverbrannte Bücher vom Himmel herabgefallen, Bücher aus Hamburg, die in den Gärten lagen. Das habe ich selbst gesehen.

FRAGE: Welchen Eindruck hat das alles auf Sie gemacht?

KEMPOWSKI: Es gab dieses oft beschriebene Erlebnis, daß man Hunderte von Bombern sah, alle ganz geordnet, in großer Höhe. Die blinkten in der Sonne, vollkommen unbeirrt. Majestätisch, möchte man fast sagen. Als Schüler konnte man dem Fliegeralarm übrigens auch seine guten Seiten abgewinnen: Die ersten beiden Stunden fielen aus, wenn die Entwarnung nach 24 Uhr kam. Später wurde ich als Kurier bei Heinkel eingesetzt. Ich mußte durch ganz Deutschland fahren und geriet dabei gelegentlich in Angriffe hinein, in Schweinfurt, in Ludwigshafen. Und ich habe auch – besonders im Frühjahr 1945 – die Tiefflieger erlebt. Wer mit der Eisenbahn reiste, erlebte häufig, wie die doppelrümpfigen «Lightnings» angriffen. Einmal hat eine den Zug angeflogen, ohne gleich zu schießen: Die Maschine hat eine große Kurve gedreht, und der Zug, der ohnehin langsam fuhr, konnte anhalten. Die Leute stürzten hinaus. Dann erst hat der Pilot zu schießen angefangen. Ein anderes Mal habe ich aber auch genau das Gegenteil erlebt: Der hat sich dann einen Spaß daraus gemacht, direkt auf die Menschen zu schießen. Das müssen Sie sich mal vorstellen: So ein erhöhter Bahndamm, und der Zug hält da oben! Man kommt gar nicht so schnell raus, da fliegt der schon von hinten an. Ich hatte Glück, ich war auf der abgewandten Seite, kullerte den Bahndamm runter und lag dann in einem wäßrigen Graben. Aber ich sah, wie Frauen über die Wiese liefen und getroffen wurden – ein unglaublicher, unvergeßlicher Eindruck. Man kennt das im Grunde nur aus Wildwestfilmen: daß Menschen getroffen werden und dann plötzlich zusammensacken, als ob die Beine weggeschlagen werden. Frauen lagen da tot herum. Die Alliierten, die uns die Humanität bringen und den Totalitarismus austreiben wollten, hätten eigentlich so nicht vorgehen dürfen, oder? Denken Sie an die Versenkung der «Kap Arcona» vor Lübeck, eines großen Schiffes, in dem Tausende von KZ-Häftlingen ertranken. Das war am 3. Mai 1945!

FRAGE: Inwiefern glauben Sie, daß diese Erlebnisse, die Sie so eindrucksvoll schildern, Sie zum Schriftsteller gemacht haben? Bisher haben Sie ja den Antrieb für Ihr Schreiben eher in der Erfahrung der Gefängnishaft in der sowjetisch besetzten Zone und der späteren DDR gesehen. Aber offenbar haben auch diese Kriegseindrücke Sie niemals losgelassen?

KEMPOWSKI: Wenn man anfängt zu schreiben, dann ist in der Regel eine Verletzung, die man erfahren hat, eine «Kränkung» der Antrieb. Bei mir ist sicher die lange Haftzeit ein solcher Antrieb gewesen. Mich hat aber auch der Verlust der Heimat, der Heimatstadt, des Vaterhauses sehr getroffen. Und zwar viel stärker, als ich immer dachte. Als junger Mensch hat man das nicht hochkommen lassen. Aber je älter man wird, desto stärker ist das Verlustgefühl. Hinzu kommt, daß ich in meine Heimatstadt nicht zurückkehren konnte. Es blieb für mich alles in dem Zustand, in dem ich sie verlassen hatte, in dieser Trümmerhaftigkeit. Zudem fiel die Zerstörung meiner Heimatstadt mit meiner Pubertät zusammen: gewissermaßen eine zweifache Ausweisung aus dem Paradies. Und darauf folgte die lange Haftzeit in Bautzen. Das schrie geradezu nach «Bewältigung», falls man es so ausdrücken darf.

FRAGE: Lassen Sie uns noch einen Augenblick auf die Erlebnisse während des Krieges zurückkommen. Sie waren damals, als Sie im Juli 1943 in Hamburg den ersten Feuersturm erlebten, 14 Jahre alt. Wolf Biermann hat diese Szenerie ebenfalls beschrieben, er war jünger als Sie, sechseinhalb. Und er hat gesagt, in dieser Nacht sei seine Lebensuhr für immer stehengeblieben, er sei eigentlich immer das Kind geblieben, das er damals war. Das muß doch für einen Jugendlichen, zumal wenn man ohne Eltern in einem Luftschutzbunker sitzt, ein unglaublicher, verheerender und bleibender Eindruck sein.

KEMPOWSKI: Es bleiben vor allem einzelne Bilder haften. Auch einzelne Geräusche und Gerüche, der Geruch von naßgewordenem Mörtel zum Beispiel, ein ekelhafter Geruch. Oder das Krachen der Häuser, die zusammenstürzen. Oder von fern die Rufe von Menschen, die sich etwas zuschreien: «Wasser her!» Dann plötzlich dieses Pferd, das da durch die Straße lief. Die vielen Menschen, die auf der Moorweide saßen ... Wußten die eigentlich, daß dort, auf der Moorweide in Hamburg, zwei Jahre vorher die Juden zusammengetrieben worden waren?
Biermann hat diese grausige Pointe auch beschrieben, auch er rettete sich aus Hammerbrook mit seiner Mutter

eben auf diese Moorweide, wo, wie er schreibt, «die Hamburger Juden sich hatten sammeln müssen für den Abtransport», darunter seine Verwandten.

FRAGE: Welche Einzelheiten Ihres Hamburger Aufenthalts sind Ihnen sonst noch im Kopf geblieben?

KEMPOWSKI: Es sind ganz merkwürdige Bilder, die einem haften geblieben sind, zum Beispiel die zerstörten Oberleitungen der Straßenbahnen. Ein Bild der Unordnung. Auch daß die Straßen übersät waren mit Einzeltrümmern. Auf sämtlichen Straßen lag Schutt, gleichmäßig verteilt. Und dann, wie ich es in Hamburg erlebte, plötzlich mitten auf der Straße ein großes Loch! Da war eine Bombe gefallen und hatte den U-Bahn-Schacht freigelegt. Die Erde tat sich auf. Das hatte biblische Ausmaße. Tagangriffe haben auf mich übrigens niemals so schrecklich gewirkt wie Nachtangriffe. Es heißt oft, daß Soldaten auf Heimaturlaub lieber zurück an die Front wollten, als noch einen Tag länger im Luftschutzkeller zu sitzen.

Mein eigener Vater, der in Rostock einen Bombenangriff miterlebte, hatte unglaubliche Angst – und er war Offizier. Er hatte Angst vor den Bomben. Und ein Jahr später wurde er von einer Bombe getötet. Ich selbst war in den letzten Kriegstagen in Berlin. Am 21. April 1945 gelang es mir noch, aus der Stadt herauszukommen. Die Angriffe, die ich dort erlebt habe, waren, zumindest in meiner Erinnerung, noch heftiger als die in Hamburg. Kein Feuersturm zwar, aber es hat auf mich gräßlicher gewirkt. Es ist mir ein Rätsel, warum dieses Thema von den Deutschen so verdrängt wurde. Ich glaube, der Grund liegt vor allem darin, daß die endlosen Züge der

KZ-Häftlinge nicht lange danach vor aller Augen über die Straßen getrieben wurden. Es gab das Unrechtsbewußtsein.

FRAGE: In der Debatte zum Thema «Luftkrieg und Literatur» ging es um die Frage, warum die Bombardierung und ihre Folgen kaum ein literarisches Echo gefunden haben.

KEMPOWSKI: Natürlich hat es mich auch bewegt, warum eigentlich Bombenangriffe in der deutschen Romanliteratur so wenig vorkommen. Ich denke, das ist auch eine Generationsfrage. Die Mitglieder der Gruppe 47 – das waren doch eigentlich die Soldaten. Die erzählten von Gefangenschaft, von der Front. Die Jüngeren, die nach 1930 Geborenen, waren damals Kinder. Die waren nicht in Gefangenschaft gewesen, das war nicht ihr Thema. Die waren nicht mehr Soldaten geworden, hatten nie ein Gewehr in der Hand – die trugen das Erlebnis der Bombennächte in sich. Und einige haben es beschrieben, etwa Hans J. Fröhlich, Jahrgang 1932, in seinem Roman «Tandelkeller». Er selbst war in Hannover in einem Keller verschüttet. Vielleicht aber liegen die Ursachen auch ganz woanders: Es war vielleicht eine Art Scham, die schwierig zu definieren ist. Außerdem: Jeder hatte es erlebt, wem sollte man das erzählen?

FRAGE: Es fehlen die Bücher von Frauen, die im Luftkrieg besonders gelitten haben. Die deutsche Nachkriegsliteratur war zunächst weitgehend von Männern geprägt.

KEMPOWSKI: Das ist wahr. Es gibt zwar eine Menge Tagebücher von Frauen, aber sie wurden nicht weiter beachtet, wie überhaupt in Deutschland Tagebücher gering geachtet werden. Und es ist ja noch die Frage, ob die Frauen nach 1945 überhaupt die Zeit und die Ruhe hatten, diese Erlebnisse reifen zu lassen. Ich kann es aber auch nicht erklären.

FRAGE: Als Veröffentlichung «aus dem Kempowski-Archiv zeitgenössischer Lebensläufe» ist 1988 in Deutschland der Bericht eines US-Bomberpiloten erschienen: «Die Feuerreiter» von Ray T. Matheny. Wie kam es dazu?

KEMPOWSKI: Mir war natürlich auch aufgefallen, daß ich in «Tadellöser & Wolff» die Fliegerangriffe heruntergespielt hatte, obwohl dieses Erlebnis für mich ungeheuerlich und lebensbestimmend war. Ich habe dann viel später, in den achtziger Jahren, versucht, das noch einmal genauer auszukundschaften. Als ich in Amerika war, habe ich also versucht, mit ehemaligen Bomberpiloten ins Gespräch zu kommen. Ich war zu Gast im Staate Utah an einer Universität, und ich bat den Professor, der sich um mich kümmerte, er möge mich doch mit ein paar ehemaligen Bomberpiloten zusammenführen. Er hat sogar eine Annonce in die Zeitung gesetzt, aber es meldete sich niemand. Eines Tages fuhren wir zusammen im Fahrstuhl mit einem kleinen drahtigen Grauhaarigen. «Du», sagte ich zu meinem Freund, «das ist ein ehemaliger Bomberpilot.» Er war tatsächlich einer, inzwischen war er Professor für Archäologie. «Sie brauchen mich gar nicht zu interviewen», sagte er uns, «denn ich habe gerade meine Memoiren über den Bombenkrieg geschrieben!» Seine Geschichte: Er war in der Nähe von Kiel abgeschossen worden und landete mit seinem Fallschirm auf einem Acker. Ein alter Bauer kam, hat ihn untergehakt und in sein Haus geführt. Eine Frau in Schwarz steht am Herd, rührt im Topf, und am Tisch sitzt ein kleines Mädchen mit Zöpfen und macht Schularbeiten. Und da hat er gedacht: «Diese Leute bombardieren wir also!» Ich habe später dafür gesorgt, daß sein Buch in deutscher Übersetzung erschien. Leider wurde es überhaupt nicht gekauft, nicht einmal besprochen. Was ich vorher nicht wußte: daß die da oben in den «Fliegenden Festungen» eine wahnsinnige Angst hatten! Bevor die aufstiegen, haben sie gebetet, daß sie an dem Tag nicht drankommen, nicht abgeschossen werden. Dieser Luftkrieg ist insgesamt etwas Ungeheuerliches, das mit Hiroshima und Nagasaki seinen schrecklichen Abschluß fand. Bis heute haben wir nicht daraus gelernt.

FRAGE: Haben Sie sich später Gedanken über den militärischen Nutzen dieser Bombardierungen gemacht?

KEMPOWSKI: Dieses Thema überlassen wir mal lieber den Strategen. Was mich aber am Rande erstaunt hat: Am 50. Jahrestag der Bombardierung Rostocks, meiner Heimatstadt, hielt ein englischer Diplomat eine Ansprache – kein einziges Wort des Bedauerns kam darin vor! Der hat über alles Mögliche gesprochen, aber nicht ein Wort der Barmherzigkeit, des Mitleids oder des Bedauerns oder der Entschuldigung gefunden. Kein Wort. Ich habe versucht, in meinem «Echolot» etwas zu tun, was vielleicht ungewöhnlich ist, aber doch naheliegt. Ich habe in London nach Tagebüchern von Menschen gesucht, die dort die deutschen Bombenangriffe erlebt haben. Und die habe ich direkt neben Erlebnisse von deutschen Frauen gesetzt. Plötzlich bekommt das Thema eine ganz andere Dimension.

London war ja wochenlang Ziel der deutschen Bomber, es gab dort weitaus mehr Opfer als etwa in Coventry, das als Ziel der ersten deutschen Zerstörungsaktion auf britischem Boden bekannter ist.

Zu den englischen Verlusten muß man auch die Kinder zählen, die man retten wollte und zum Teil nach Kanada verschiffte. Da sind zwei Transporte mit Kindern von deutschen U-Booten torpediert worden. Wo sind die Klagen der Eltern zu hören? Sind die je zu Romanen verarbeitet worden? Auch da herrscht Schweigen.

FRAGE: Lange nachdem Ihre erfolgreichen Romane erschienen waren, haben Sie damit begonnen, den Zweiten Weltkrieg in Form der Montage aus authentischen Stimmen darzustellen. Warum?

KEMPOWSKI: Die Romane schrieb ich aus subjektiver Sicht. Später schien mir dieses Erlebnis vor allem ein kollektives zu sein. Dafür eine Form zu finden war zunächst schwierig. Ich habe sehr viele Tagebücher aus der Kriegszeit gesammelt, auch Briefkonvolute archiviert und immer wieder durchgesehen. So kam ich darauf, daß man doch eigentlich das Kollektive dieser Ereignisse zeigen müßte.

FRAGE: Das führte dann zur Idee Ihres «Echolots».

KEMPOWSKI: Und was mir dabei sehr wichtig war: Ursache und Wirkung direkt nebeneinander zu stellen. Das fehlt in den Romanen meiner «Deutschen Chronik». Die Konfrontation ereignet sich dort nicht. Im «Echolot» aber kreuzen sich die Flüchtlingszüge aus Ostpreußen mit den langen Elendszügen der Häftlinge. Das alles wird zu einem Chor komponiert, der der Wirklichkeit, der damals erlebten Wirklichkeit nahekommt.

Ich könnte gut verstehen, wenn Menschen das heute nicht lesen wollen. Aber ich bin fest davon überzeugt, daß es wichtig ist, das in diese Form zu bringen. In 50 Jahren, so können wir annehmen, werden diese gesammelten Erlebnisse als ein großes Epos begriffen werden. Man wird sagen: Hier ist den Leidenden ein Forum eröffnet worden, hier sind sie einmal zusammengeführt worden, und wir können ihnen zuhören. Kein Film, kein Roman kann das leisten, was der Chor der Leidenden uns übermittelt. Vielleicht ein Gedicht wie die «Todesfuge» von Celan ... Warum 6000 Seiten, kann man fragen, genügen nicht ganz wenige Zeilen? Und doch hängt das eine vom anderen ab, ergänzt einander. Und: Wind ist nur am Kornfeld darzustellen, nicht an einem einzelnen Halm.

FRAGE: Sie verstehen sich nicht als Sammler, sondern als Arrangeur, als Dirigent des Chors?

KEMPOWSKI: Das Wort «sammeln» paßt eigentlich nicht: Es ist mehr ein Abrufen. Es ist ja schon gesammelt, in den einzelnen Köpfen gesammelt. Das zweite «Echolot», die «Fuga furiosa», beginnt mit der Offensive der Roten Armee gegen das Dritte Reich, die die große Flüchtlingswelle auslöste. Es endet mit dem Luftangriff auf Dresden. Wir müssen auch das erzählen dürfen.

FRAGE: Ihr Kollege W. G. Sebald hat die Bombardierung der deutschen Städte eine in der Geschichte bis dahin einzigartige Vernichtungsaktion genannt. Sehen Sie das heute auch in dieser Dimension?

KEMPOWSKI: Es ist im Grunde ja nicht Deutschland zerstört worden, es ist, wenn man so will, das alte Europa zerstört worden. Als die Frauenkirche zusammenbrach,

brach nicht nur ein deutsches Gebäude zusammen, sondern etwas, das mit Kultur, Tradition und Abendland zusammenhängt. An den Folgen haben alle Europäer bis heute zu tragen.

14 Vom jähen Ende der Kindheit

Zeuge und Chronist des Luftkriegs

Dem Helden seines Romans «Letzte Grüße» (2004), dem alternden deutschen Schriftsteller Alexander Sowtschick, hat Walter Kempowski eine fixe Idee mit auf den Weg gegeben: Während einer längeren Reise quer durch die Vereinigten Staaten – die Handlung spielt 1989 – hofft der Mann beharrlich darauf, einem ehemaligen amerikanischen Bomberpiloten zu begegnen, einem, der im Zweiten Weltkrieg dabei war, als es galt, deutsche Städte aus der Luft zu bombardieren.

Noch vor der Abreise überlegt sich der Schriftsteller daheim, wie er es mit seinen Gastgebern halten soll. Denn: «Die Amerikaner hatten zwar Bombenteppiche über Barockkirchen abgeladen, dann aber Carepakete geschickt.» Kaum hat Sowtschick amerikanischen Boden betreten, taucht der Gedanke erneut auf – als der Romanheld unbeabsichtigt bei der Paßkontrolle eine Trennlinie auf dem Boden übersehen und eine entsprechende Zurechtweisung erfahren hat:

> «Alexander entschied sich für Demut. Ob es statthaft wäre, die Taschen abzusetzen? Oder lieber in der Hand behalten? Bloß nicht noch mehr reizen diese Leute … […] Die dunkle, verwahrloste Halle – überall Gitter und Wachleute. Und da drüben das Tor zur Freiheit, wie ein

Muttermund, hell erleuchtet. Die vielen Fremden, die sich da hinein- und hindurchpreßten, würden das große Land befruchten. Erst hineinplatzen ins helle Licht der Neuen Welt und sie dann in vielfältiger Weise befruchten. Kraft abziehen vom guten alten Europa und sie dann einfüllen in die Neue Welt.

Auch Sowtschick hatte das vor: die Menschheit befruchten, also sie belehren, damit sie eine Ahnung von Europa kriegt, von Kaffeehäusern, kleinen Buchhandlungen und von Schwarzbrot, so daß sie endlich mal kapierten, wie man mit Europa umzugehen hat. Daß man also nicht Bombenteppiche ablädt auf Barockkirchen und hinter den Mädchen herpfeift, sondern die Hände gefälligst aus den Taschen nimmt.

Schließlich kam man nicht als Bettler.»

Das alte Europa und die USA: In Kempowskis Roman ist der Gegensatz auf leichte, fast heitere Art beständig präsent. Und ähnlich, wie sich ausländische Besucher auf deutschem Boden oft angesichts älterer Einwohner heimlich oder auch weniger heimlich fragen mögen: War der ein Nazi, gar ein Scherge im KZ?, so stellt sich dem USA-Reisenden Sowtschick angesichts älterer Amerikaner fast zwanghaft die Frage: War der vielleicht im Zweiten Weltkrieg Bomberpilot? Noch zwei Beispiele aus dem vorderen Teil des Buches. Zunächst die Situation an einem Kiosk, wo ein Verkäufer vom Alter her als Soldat des Weltkriegs in Frage käme: «Vielleicht ist das ja ein Kriegsveteran gewesen?, dachte Sowtschick, vielleicht ein Bomberpilot? Denken Sie heute noch daran, daß Sie damals Bombenteppiche auf diese schöne Stadt herabgelassen haben?»

Bevor er ins Hotel zurückkehrt, besucht er noch ein Antiquariat:

> «In diesem Laden gab es eine Ecke mit deutschen Büchern, der Händler war ganz gemütlich. Nein. Memoiren von Bomberpiloten hatte er nicht … er lächelte sibyllinisch, als Alexander danach fragte, und stellte ihm Fritz Reuters gesammelte Werke auf den Tresen. – Fritz Reuter kaufte Alexander nicht, den konnte der Mann sich an den Hut stecken. Aber einen Prachtband über den Krieg 70/71 nahm er mit, auf dem Deckel preußische Kavallerie in heldischer Positur, vergoldet! Franzosen niederreitend. Ziemlich groß und schwer das Dings, aber billig. Alexander konnte nicht widerstehen. Er kaufte das Buch und nahm sich vor, noch einmal vorzusprechen in dem Laden, vielleicht würde es ja doch etwas über Bomberpiloten geben.»

Den ersten Luftangriff erlebte Walter Kempowski kurz vor seinem 13. Geburtstag in seiner Heimatstadt Rostock. Innerhalb von vier Tagen, vom 23. bis zum 27. April 1942, wurde die historische Altstadt weitgehend vernichtet. Rund 40000 Menschen wurden obdachlos, 216 fanden den Tod – eine geringe Zahl angesichts des Kommenden. Für den jungen Kempowski freilich war es ein einschneidendes, prägendes Erlebnis, auch wenn er bis 1945 noch Zeuge anderer und weitaus mächtigerer Bombardements werden sollte.

So hielt er sich Ende Juli 1943 in Hamburg auf, als die alliierte «Operation Gomorrha» begann, in deren Verlauf mehr als 40000 Menschen umkamen und bei der erstmals ein künstlicher Feuersturm erzielt wurde. Und er geriet 1945 – als junger Kurier des Flugzeugherstellers Heinkel – bei Reisen quer durch Deutschland in verschiedene Luftangriffe oder sah die unmittelbaren Folgen, so etwa in Pforzheim, Schweinfurt oder Ludwigshafen, in den letzten Tagen des Krieges auch noch in Berlin.

Als ich Anfang 2000 mehrere Schriftsteller – darunter auch Wolf Biermann, Dieter Forte, Rolf Hochhuth und Alexander Kluge – für eine TV-Dokumentation im ZDF zu ihren Erfahrungen im Luftkrieg befragte, war mir Kempowski ein wichtiger Gesprächspartner, nicht nur, weil er sich höchst anschaulich erinnern konnte, sondern weil offensichtlich war, daß ihn dieses Thema viel beschäftigt hatte.

«Luftkrieg und Literatur»: Das war viele Jahre bei uns in Deutschland überhaupt kein Thema, wurde dann – dank der Zürcher Poetikvorlesungen und des gleichnamigen Buches von W. G. Sebald – Ende der neunziger Jahre fast eine Art Modethema. Sebald vertrat die Überzeugung, «daß sich die Nachgeborenen, wenn sie sich einzig auf die Zeugenschaft der Schriftsteller verlassen wollten, kaum ein Bild machen könnten vom Verlauf, von den Ausmaßen, von der Natur und den Folgen der durch den Bombenkrieg über Deutschland gebrachten Katastrophe». Sebalds explizite These vom Tabu bezieht sich in erster Linie auf den Zustand Deutschlands bei Kriegsende. Als schandbares «Familiengeheimnis», so glaubte er, seien die «finstersten Aspekte des von der weitaus überwältigenden Mehrheit der deutschen Bevölkerung miterlebten Schlußakts der Zerstörung» empfunden worden, als eine Art von Geheimnis, «das man vielleicht nicht einmal sich selber eingestehen konnte». Die Auswirkung davon, auch und nicht zuletzt auf die Literatur: «Der wahre Zustand der materiellen und moralischen Vernichtung, in welchem das ganze Land sich befand, durfte aufgrund einer stillschweigend eingegangenen und für alle gleichermaßen gültigen Vereinbarung nicht beschrieben werden.»

Auffällig ist in der Tat, daß sich, was die Belletristik angeht, das Thema Luftkrieg weitgehend abseits dessen abgespielt hat, was heute als Kanon der deutschen Nachkriegsliteratur gelten kann. Schwer zu entscheiden bleibt dabei, ob das Aufgreifen des vom Tabu umstellten Themas den Erfolg der jeweiligen Werke und ihrer Verfasser verhindert hat oder ob umgekehrt die später so erfolgreichen und prominenten Autoren das heikle Gelände von Anfang an klug gemieden hatten.

Einer von ihnen, Günter Grass, hat Sebalds These, ohne ihn beim Namen zu nennen, indirekt, aber deutlich zugestimmt, als er im Jahr 2000 in einer Rede über die Folgen des «bedenkenlos begonnenen und verbrecherisch geführten Krieges» sprach. Diese Folgen seien «die Zerstörung deutscher Städte, der Tod Hunderttausender Zivilisten durch Flächenbombardierung und die Vertreibung, das Flüchtlingselend von zwölf Millionen Ostdeutschen» gewesen – bisher «nur Thema im Hintergrund», so Grass: «Selbst in der Nachkriegsliteratur fand die Erinnerung an die vielen Toten der Bombennächte und die Massenflucht nur wenig Raum.»

Der Nobelpreisträger wandte sich dann als Erzähler allerdings nicht dem Luftkrieg zu, sondern – in seiner Novelle «Im Krebsgang» – dem Thema der Flucht und Vertreibung. Vom «gemiedenen Thema» ist da die Rede, vom Gefühl, es «dürfte nur jener und nicht dieser Toten gedacht werden».

Was umschreibt besser den Begriff des Tabus? Damit ist nicht unbedingt im religiösen Sinn ein tradiertes, von Strafandrohung gestütztes Verbot gemeint, sondern es kann auch eine Art ungeschriebenes Gesetz sein, die stillschweigende Übereinkunft einer Gesellschaft, über bestimmte Dinge nicht oder nur mit Vorsicht zu reden. Hinter einem Tabu können sich unausgesprochene Einsichten verbergen, also eine begründete Zurückhaltung, eine mehr oder weniger bewußte Scheu und Berührungsangst.

Und dennoch hatte Sebald mit seinen Thesen nicht recht: Es gab in der gesamtdeutschen Nachkriegsliteratur, also in Ost und West, durchaus eine stattliche Anzahl von Romanen, Erzählungen und auch Gedichten, in denen der alliierte Luftkrieg und die Folgen am Boden zum Thema geworden sind. So interessant und anregend die Überlegungen von Sebald in seiner Studie «Literatur und Luftkrieg» auch sein mögen, die empirische Grundlage ist dünn.

Vor allem in den fünfziger, auch noch in den sechziger Jahren war der Krieg, auch der Bombenkrieg in der Literatur stark präsent. Tatsächlich hat der Luftkrieg überall seine Spuren hinterlassen, in den Erinnerungen und Andeutungen der Betroffenen, in den Gesichtern der Städte und auch in der deutschen Literatur. Auch Walter Kempowski ist von Sebald beharrlich übersehen worden, und man konnte es fast verstehen, wenn der Autor von «Tadellöser & Wolff», der «Echolot»-Arrangeur sich nach dem Riesenerfolg der Grass-Novelle «Im Krebsgang» verbittert zu Wort meldete: Flucht und Vertreibung, Krieg und Luftkrieg – das alles habe er doch lange vor Grass behandelt (und zu ergänzen: nicht nur er).

In den neunziger Jahren nun, nach der Wende, gab es eine auffällige Wiederbelebung vor allem des Themas Luftkrieg, auch und gerade in der Memoirenliteratur, nicht nur bei Schriftstellern. Offenbar war ein neuer Blick zurück möglich geworden, ja er schien geradezu geboten zu sein: Von den Zeitzeugen, die den Zweiten Weltkrieg als Erwachsene durchlitten hatten, lebten immer weniger, und auch jene, die damals Kinder oder Jugendliche waren, kamen nun ins Alter – vor allem jene, die zur Flakhelfer-Generation gezählt werden, die also Ende der zwanziger Jahre geboren wurden. Für diese Generation, die Kinder des Bombenkriegs, war die traumatische Erfahrung für ihr Leben prägend, selbst wo sie verdrängt und über viele Jahre hin vergessen wurde.

Walter Kempowski sagte im Februar 2000 vor laufender Kamera: «Meine Heimatstadt Rostock war 1942 nach Lübeck die zweite deutsche Stadt, die zerstört wurde. Fast die ganze Altstadt brannte ab, ein Drittel der Stadt. Von heute aus gesehen glaube ich, daß damit eigentlich meine Kindheit beendet war, es hat einen Schnitt gegeben.»

So schreibt auch Dirk Hempel in seiner Kempowski-Biographie: «Die Bombenangriffe vom April 1942 bedeuteten eine einschneidende Zäsur in Kempowskis Leben, das jähe Ende der Kindheit.» Hempel zitiert in seinem Buch die früheste erhaltene Notiz des Autors über dieses Kindheitserlebnis, eine Aufzeichnung vom Februar 1959, also lange bevor Kempowski als Schriftsteller an die Öffentlichkeit trat:

«Das Bild, das sich bot, war erschreckend. Alle Straßen waren so verändert. Überall klafften Lücken in den Häuserzeilen, Straßen waren abgesperrt, verstopft, mit Möbeln vollgestellt. In jeder Straße brannten Häuser, manche waren schon bis zum Keller ausgebrannt. Hier und dort bemühte man sich noch verzweifelt zu retten, was zu retten war. Manche Häuser aber brannten still vor sich hin, und keiner beachtete das mehr. Ich lief aufgeregt umher, reihte mich auch in Eimerketten ein, das war zu schwer für mich. In die Innenstadt konnte man gar nicht vordringen, es hieß, die ganze Altstadt sei vernichtet. Gegen Mittag kam unser guter Robert, völlig am Ende und mit staubigem Gesicht. [...] Und von ihm hörte ich denn auch eine Nachricht, die mich tief erschütterte. Wißt ihr, was noch vernichtet ist? fragte er, die Nikolai-Kirche, die Petri-Kirche und das Steintor. Alles kaputt!»

In seinem Roman «Tadellöser & Wolff», der ein Dutzend Jahre später erschien, 1971, und Kempowski bald bekannt machte, klingt das alles ganz anders: reichlich undramatisch, unterkühlt, auch ein wenig launig wird da – übrigens nicht anders als bei Böll, Grass und Walser, in deren berühmten Nachkriegsromanen das Thema allenfalls am Rande eine Rolle spielt – der geschilderte Angriff auf Rostock eher wie ein Zwischenspiel behandelt, aus der Sicht des Kindes dargestellt. Einige Passagen aus dem Roman sollen das illustrieren – der Abschnitt, der sich mit dem Angriff im April 1942 auf Rostock beschäftigt, umfaßt insgesamt 13 Seiten:

«Ende April stand eine Lateinarbeit bevor. Ich betete zu meiner Privatgöttin Santa Claude um Fliegeralarm. Und er kam. Und wie!

Pollönder anziehen, Wasser einfüllen, Rollos hoch, Fenster auf, hinunterlaufen.

Alles etwas geschwinder als sonst, denn sie schossen schon. Immer drei Stufen auf einmal. Sie schossen sogar heftiger als gewöhnlich. Schnell noch mal hoch, Plattenkoffer holen.

In the Shade of an Old Apple Tree ...

‹Junge, bleib hier!›

Beinahe hätte ich das Licht angemacht.

‹Junge, kannst du nicht hören?›

(‹Man bittet, man fleht, aber nein, ihr tut es nicht.›)

[...]

Entwarnung wurde erst gegen Morgen gegeben, mit einer Handsirene auf einem Kübelwagen.

Wir gingen nach oben.

Gott sei gelobt, gepriesen und gepfiffen.

Daß die Fenster nach innen aufgingen, war nun doch ein Vorteil. Nur nach vorne zu, wo die Bombe in Heinemanns Haus gefallen war, hatte es Scherben gegeben. Hinten war alles heil.

Die Wohnzimmerlampe hatte es so geschüttelt, daß die von Greifenklauen gehaltenen kleinen Schirme herausgestürzt und zerbrochen waren.

Das Krachen von Balken und Mauerwerk, ferne Rufe von Männern. Sie danke Gott auf den Knien, sagte meine Mutter, daß die Fenster aufgewesen seien. ‹Was ein

Segen›, und warf Scherben hinaus. ‹… und daß wir die Gardinen zurückgezogen haben, die wären ja alle in'n Dutt gegangen.› Und zu mir: ‹Tu mir die Liebe und geh' ins Bett.›

Ich sei nicht müde, sagte ich.

‹Das kommt nach, du hast ganz kleine Augen.› […]

Mich interessierte besonders, welche Kirchen und welche Kinos abgebrannt waren.

Das Palast-Theater und die Schauburg, das war wirklich ein Jammer.

Die große Marienkirche war durch den Küster gerettet worden. Jeden Eimer Wasser habe er die 282 Stufen hochgeschleppt. Schließlich sei er vor Erschöpfung umgefallen. Und gerade in dem Augenblick sei Militär gekommen.

Den Kasten hätte man gleich mit abbrennen sollen, habe der Kreisleiter gesagt.

Unverschämt. Oh, die Bevölkerung sei empört. Der Küster von St. Nikolai habe die wertvolle Christusfigur, die sonst immer im Schuppen stand, am Vortage wieder reingebracht, ‹damit dem Herrn Jesus nicht die Füße frieren›. Die sei nun auch hinüber.»

Kempowski selbst war später nicht mehr zufrieden mit der hier gewählten Erzählweise, wie er im Interview erklärte: «Ich lese heute diese Passagen nicht gern. Ich habe den Eindruck, daß ich mich damals über meine eigenen Gefühle fast etwas lustig gemacht habe. Vielleicht erklärt sich das dadurch, daß ich den Roman Ende der sechziger Jahre geschrieben habe, und da waren die Eindrücke noch frisch. Man wollte die Selbstbetrauerung, das Selbstmitleid nicht hochkommen lassen. Vielleicht wollte ich mich auch ein bißchen lustig über die Leute machen, die da ihr eigenes Unglück betrauerten, ohne daran zu denken, daß es eigentlich nur die Wirkung einer Ursache gewesen war.» Er habe die eigene Erfahrung beim Schreiben «heruntergespielt», dabei sei das Erlebnis des Luftkriegs insgesamt für ihn «ungeheuerlich und lebensbestimmend» gewesen.

Schon zehn Jahre zuvor hatte Kempowski in seinem Tagebuch «Sirius» eine Notiz vom Juni 1983 veröffentlicht, in der er sich ähnlich äußert. Auslöser war ein TV-Report über die «Operation Gomorrha», den mehrtägigen Großangriff auf Hamburg im Juli und August 1943:

> «Ein Wunder, daß ich das damals überlebt habe. Das zu Boden pressende Pfeifgeräusch der Sprengbombe, die im Garten meines Großvaters detonierte, ein Pferd, das durch die Straßen galoppierte. Am Morgen nach dem Angriff suchte ich ein Postamt, um nach Rostock zu telegrafieren, daß ich noch lebe, ich machte eine lange Wanderung durch Trümmer: zusammenkrachende Häuser, Brände, um die sich niemand kümmerte. Ausgebombte Menschen, dahinschlurfend, als ob sie nicht in die Stadt gehörten. Der Himmel wußte auch nicht, was er tun sollte. Es regnete, und es stürmte, glühende Hitze und eisige Kälte gleichzeitig. Hätte noch gefehlt, daß Schnee vom Himmel gefallen wäre, das hätte mich nicht gewundert. Während ich durch die Straßen lief, kam es zu einem zweiten Angriff, den ich in einem ächzenden Hochbunker überstand. Brandgeruch drang von draußen herein. Als alles vorüber war, wurden wir einzeln, in nasse Dekken gehüllt, an brennenden Häusern vorüber in Sicher-

heit gebracht. Ich spüre noch die Hitze in der Lunge und auf dem Gesicht. Draußen, nach der Rettung, wurde mir ein Bückling gereicht, damit ich ‹was in den Leib› kriegte. Der Mann, der die Dinger verteilte, wollte wissen, was ich als Hitlerjunge in dem Bunker zu suchen gehabt hätte. Ich fuhr dann nach Lübeck zu meiner Schwester, wo es halbverbrannte Bücher vom Himmel regnete. [...]

Die Hamburger Katastrophe hatte wie jede andere ihren eigenen Charakter: der Feuersturm, die in den Kellern verdorrten Leichen. Im ‹Tadellöser› sind die Angriffe auf Hamburg weniger schlimm dargestellt, als sie es in Wirklichkeit waren, ich wollte das deutsche Selbstmitleid nicht herausfordern. Damit sich der Leser daran erinnerte, was gleichzeitig im Osten geschah, nahm ich die kleine Zeitungsnotiz vom Ehedrama in Auschwitz in das Hamburg-Kapitel auf (übrigens ein Stilbruch).»

Ein Stilbruch? Eigentlich nicht: Die Notiz über das «blutige Ehedrama» in Auschwitz, als Zeitungsmeldung aus der Rubrik «Sonstiges» kenntlich gemacht, erscheint wie beiläufig neben unauffälligen Nachrichten, etwa über einen Zimmerbrand, einen Unfall und den Tod eines kleinen Jungen durch einen Bienenschwarm.

Das Hamburg-Kapitel insgesamt ist in der Tat dürftig und unvollständig. Wie stark den jungen Kempowski «der Verlust der Heimat, der Heimatstadt, des Vaterhauses» getroffen hat, wurde ihm erst spät deutlich. Die Zerstörung von Rostock sei mit seiner Pubertät zusammengefallen, sagte er im Gespräch, aus heutiger Sicht «gewissermaßen eine zweifache Ausweisung aus dem Paradies».

Doch dann folgte, nach dem Krieg, die Haftzeit in Bautzen und überlagerte zunächst diese Eindrücke des Jugendlichen. Und diese Haft war es wohl auch, die ihn langfristig zum Schriftsteller machte, auch zum Thema seines Debütromans wurde: «Wenn man anfängt zu schreiben, dann ist in der Regel eine Verletzung, die man erfahren hat, eine ‹Kränkung› der Antrieb. Bei mir ist sicher die lange Haftzeit ein solcher Antrieb gewesen.»

Im übrigen war Kempowski schon früh der Überzeugung, daß alle bisherigen Versuche, den Zweiten Weltkrieg zu schildern, «mehr oder weniger danebengegangen» seien und daß man überhaupt einem solchen Ereignis «mit einer fiktiven Prosa nicht beikommen kann, sondern eben nur mit einer Collage».

Auch deshalb wurde das Sammeln und Arrangieren von fremden Stimmen für Kempowski immer bedeutsamer: Er begann damit, Tagebücher, Briefe und Erinnerungen zu erbitten, zunächst aus der näheren Umgebung. In den achtziger Jahren dann systematisierte er die Suche, es entstand ein einzigartiges Archiv – Grundlage für jenes kollektive Tagebuch «Echolot», dessen erste Lieferung Anfang der neunziger Jahre erschien. Das Ergebnis war eine Zusammenführung unterschiedlichster privater, dem Autor zur Verfügung gestellter Aufzeichnungen und bereits bekannter Quellen: Tag für Tag zu einem Chor der Menschen in den Städten und an der Front, im Widerstand und im Exil angeordnet, ein gewaltiges Stimmen-Ensemble aus dem Alltag des Krieges, aus Luftschutzkellern und Konzentrationslagern – und keineswegs nur auf die deutsche Perspektive beschränkt.

Im Zusammenhang mit dem Thema Luftkrieg muß hier an ein Buch erinnert werden, das gewissermaßen ein Vorläufer des «Echolots» ist: «Die Feuerreiter. Gefangen in ‹Fliegenden Festungen›». Die Sicht von oben, die Perspektive der Angreifer dokumentierte Kempowski als Herausgeber der Erinnerungen des ehemaligen amerikanischen Bomberpiloten Ray T. Matheny, der 1944 nach einem Angriff auf Hamburg über Norddeutschland abgeschossen worden war und 1987 sein Manuskript abgeschlossen hatte. In deutscher Übersetzung (und nur in deutscher Übersetzung) erschienen «Die Feuerreiter» 1988 als eine frühe Edition «aus dem Kempowski-Archiv zeitgenössischer Lebensläufe», weitgehend unbeachtet.

Beim Lesen von Goethes Tagebüchern notierte einst Franz Kafka: «Die Ferne hält dieses Leben schon beruhigt fest, diese Tagebücher legen Feuer daran.» Das gilt, ins große Historische gewendet, auch für das riesige Projekt «Echolot», das «kollektive Tagebuch», von dem der Arrangeur und Schöpfer im Prolog zum Band «Barbarossa '41» sagt, es sei eine «Vergegenwärtigung der Welthöllen», der «menschgemachten Höllen» des Zweiten Weltkriegs. Wohl niemand kann sich beim Eintauchen in das Stimmengewirr der Zeitzeugen des Gefühls erwehren, sich «unter die toten Seelen» zu mischen, hineingerissen zu werden ins Chaos der Ereignisse. Statt kühl-distanzierter Berichte der Geschichtsforschung werden hier die von lauter Panik oder falscher Erwartung und Siegeshoffnung glühenden O-Töne serviert: aus Briefen und Tagebüchern.

Die erste «Echolot»-Lieferung erschien 1993 und begann mit Eintragungen vom 1. Januar 1943, die zweite Lieferung mit dem Untertitel «Fuga furiosa» kam 1999 heraus und umfaßt jene knapp fünf Wochen Anfang 1945, die zwischen dem Start der sowjetischen Großoffensive auf das Deutsche Reich und der Bombardierung Dresdens liegen. Mehr als 300 bereits veröffentlichte Quellen hatte der Arrangeur diesmal angezapft – neben der weitaus größeren Zahl privater Tagebücher und Aufzeichnungen.

«Fuga furiosa»: Das verweist nicht nur auf das musikalische Prinzip der Anordnung der Einzelteile, sondern auch auf einen der inhaltlichen Schwerpunkte dieses «Echolot»-Komplexes, in der Bedeutung als «fürchterliche Flucht» nämlich. Das Tabuthema der durch die Sowjetoffensive ausgelösten Fluchtwelle der deutschen Bevölkerung wird bei Kempowski wie nie zuvor aufbereitet und ausgebreitet. Der finstere Höhepunkt und das monumentale Schlußkapitel der «Fuga furiosa» ist die 120 Seiten umfassende minutiöse Darstellung der verheerenden Luftangriffe auf das mit Flüchtlingen überfüllte Dresden am 13. und 14. Februar 1945. Das furiose Arrangement dieser zwei Tage, die Kempowski abweichend vom übrigen «Echolot» zu einem einzigen, untrennbaren Abschnitt zusammengefaßt hat, ist einfach grandios. Die beispiellose Vielfalt der Notizen und Perspektiven umfaßt die Menschen in den Bombenkellern ebenso wie die deutschen Nachtjagdpiloten oder die Bombenschützen in den Maschinen der Royal Air Force, die in mehreren Angriffswellen jener Aufgabe nachkommen, die der Einsatzbefehl auch darin sieht, «den Russen, wenn sie einmarschieren, zu zeigen, was das Bomberkommando tun kann».

Einer unter den vielen, die Kempowski zitiert, ist auch der um sein Leben bangende jüdische Wissenschaftler Victor Klemperer, der in den Wirren des Luftangriffs und danach einen bis dahin unmöglichen Schritt wagte: Er riß sich seinen Judenstern vom Mantel. In Klemperer findet

Kempowski einen nüchternen Chronisten des Schreckens, aus dessen Tagebuch er auch die folgende Passage übernimmt:

> «Aus vielen Häusern der Straße oben schlugen immer noch Flammen. Bisweilen lagen, klein und im wesentlichen ein Kleiderbündel, Tote auf den Weg gestreut. Einem war der Schädel weggerissen, der Kopf war oben eine dunkelrote Schale. Einmal lag ein Arm da mit einer bleichen, nicht unschönen Hand, wie man so ein Stück in Friseurschaufenstern aus Wachs geformt sieht. Metallgerippe vernichteter Wagen, ausgebrannte Schuppen.»

Die große Dresden-Collage über den 13. und 14. Februar 1945 hat Kempowski 2001 unter dem Titel «Der rote Hahn. Dresden im Februar 1945» in einer eigenständigen Edition veröffentlicht. Die Auswahl ist in dieser Ausgabe um drei Tage (bis zum 17. Februar 1945) und um zahlreiche Texte erweitert.

Nach den ersten zwei vierbändigen «Echolot»-Sammlungen mit Stoff aus den Jahren 1943 und 1945 (Umfang jeweils mehr als 3000 Seiten) wirkt die dritte, chronologisch davor angesiedelte Folge geradezu diszipliniert: In einem einzigen Band (auf gut 730 Seiten) werden das zweite Halbjahr 1941 und der deutsche Angriff auf die Sowjetunion («Unternehmen Barbarossa») vergegenwärtigt – in diesem Fall erstmals konsequent mit Zeugnissen von beiden Seiten, was dem Erzählmosaik dialogische Struktur verleiht. Erschütternd vor allem die Zeugnisse aus der von deutschen Truppen belagerten Stadt Leningrad, so im Dezember 1941: «Hungrige Ratten huschten quiekend durch unsere Wohnung. Sie nagten die Tapeten an, wegen des Mehlkleisters.»

Eindrucksvoll aber auch hier Zeugnisse vom Luftkrieg. Da ist etwa der Bomberpilot Iwan Litwinow, der am 22. Juni 1941 in der Nähe von Moskau aufsteigt und hilflos erleben muß, wie seine schwerfällige Staffel von deutschen Jagdmaschinen vom Himmel geholt wird:

> «Der erste Einsatz zum Angriff auf die vorrückenden feindlichen Truppen im Brückenkopf Rogatschew in Weißrußland fand am 3. Juli 1941 statt. Wir flogen praktisch ohne Deckung durch unsere Jäger.
>
> Den Start in Iwanowo führten wir kettenweise durch. Unter uns waren auch erfahrene Flieger, die schon in Spanien gekämpft hatten. Doch die meisten hatten keine Kampferfahrung, wie sie unsere Gegner besaßen. Die Wolkenuntergrenze lag bei 500 Metern. Als wir durchstießen, betrug die Wolkenhöhe etwa 2500 m, ich hielt die Kette zusammen, um beim Auftauchen feindlicher Jäger eine stärkere Abwehrkraft zu haben. So kamen wir ans Ziel. Und da griffen uns aus den Wolken feindliche Me-109 an. Vor meinen Augen flammten unsere Maschinen eine nach der anderen lichterloh auf und stürzten schwarz rauchend zur Erde. Wir warfen unsere Bomben wohl am Ziel vorbei und flogen davon, soweit es noch ging. Nach Iwanowo waren von 27 Maschinen nur 9 zurückgekehrt.»

Von dem, was Kempowski selbst aus dem Krieg, speziell vom Luftkrieg, zu erzählen hat, findet sich nur ein Bruchteil in seinen Romanen. Vieles davon hat er bisher lediglich mündlich mitgeteilt, besonders seine Erlebnisse aus den Jahren 1943 bis 1945.

Wann immer sich Kempowskis späteres Alter ego, der Schriftsteller Sowtschick, auf seiner USA-Reise die Frage nach Bomberpiloten stellt, denen es eventuell zu begegnen gilt, sind solche Bilder unausgesprochen präsent.

Freilich erweist sich die Suche – im Roman «Letzte Grüße» – am Ende doch als schwierig. Einer der amerikanischen Gastgeber ist zwar Pilot gewesen, doch hat er in Vietnam Wälder entlaubt: «Auf Deutschland hatte er keine Bomben geworfen, damals war er noch zur Schule gegangen.» Ein anderer Amerikaner war zwar tatsächlich im Zweiten Weltkrieg über Deutschland im Einsatz, aber als Jagdflieger.

Und als Sowtschick dann kurz vor Schluß des Romans dann doch auf einen veritablen Bomberpiloten aus jenen Tagen stößt, handelt es sich um einen Deutschen, der erst nach dem Krieg in die USA gekommen ist und nun hier lebt: ein ehemaliger Pilot der deutschen Luftwaffe mithin.

So macht Kempowski auf ganz beiläufige und doch deutliche Art klar, wer es war, der im Zweiten Weltkrieg die ersten Bomben auf europäische Städte warf: eben die deutsche Luftwaffe mit ihren Stukas und Heinkel-Bombern. Und entsprechend lautet sein Fazit, in dem Kempowskis ureigenes Sensorium für Verluste zum Ausdruck kommt (im Gespräch vom Februar 2000): Es sei im Grunde ja nicht Deutschland zerstört worden, «es ist, wenn man so will, das alte Europa zerstört worden».

15 Chor der stummen Stimmen

Besuch in Nartum zum Abschluß des «Echolots», Februar 2005

Er wirkt erschöpft an diesem Montag, Anfang Februar 2005. Und doch hat der Schriftsteller Walter Kempowski etwas Schelmisches im Ausdruck, wenn er über seine Arbeit sagt: «Das ist eine Geschichte der Verhinderungen und des Kampfes. Ich mußte mich immer wieder gegen Widerstände durchsetzen. Das ist natürlich mein mecklenburgisches Blut, daß ich nicht lockerlasse!» Jetzt erlaubt sich der in Rostock geborene Autor einen Moment der Zufriedenheit – um dann gleich wieder auf neue literarische Pläne zu sprechen zu kommen. Wirkliche Ruhe gibt es für den Emsigen nicht, seit Jahrzehnten nicht: Erst schrieb er seine «Deutsche Chronik», jenen Romanzyklus, der regelrechte Bestseller wie den auch verfilmten Roman «Tadellöser & Wolff» (1971) enthält, dann war «Echolot»-Zeit – von weiteren Werken zwischendurch einmal abgesehen.

«Das ist eine Zeitspanne, die man sich eigentlich gar nicht vorstellen kann», sagt er beim Gang durch sein Haus am Rand von Äckern und Feldern. Zu Recht hat er nun ein Gefühl von «Vollendung».

Es ist mehr als einfach nur ein Abschluß für ihn. Als Thomas Mann im Januar 1947 nach fast vier Jahren seinen Roman «Doktor Faustus» beendet hatte, vermerkte er nicht ohne Zufriedenheit und mit lakonischem Pathos in seinem Tagebuch: «Schrieb um ½ 12 Uhr die letzten Worte des ‹Dr. Faustus›. Bewegt immerhin. Rückblickend.» Damit nicht genug: Der Dichter ließ zwei Jahre später ein Buch folgen, in dem er «Die Entstehung des Doktor Faustus» darstellte, und gab dem Werk den Untertitel «Roman eines Romans».

Das große Vorbild mag Kempowski, Jahrgang 1929, ermutigt haben, aus Anlaß der Rundung des «Echolot»-Unternehmens seinerseits eine Entstehungsgeschichte zu publizieren, gleichzeitig mit dem letzten Band. Freilich ist das Begleitbuch «Culpa» nicht – wie bei Thomas Mann – in erzählter Form gehalten, sondern aus seinen Arbeits- und Tagebuchnotizen zusammengestellt, passend zum «Echolot», das Kempowski stets als «Ein kollektives Tagebuch» verstanden und bezeichnet hat.

Die «Notizen zum ‹Echolot›» holen weit aus. Sie reichen von der ersten vagen Idee, fremde Aufzeichnungen zu sammeln, von der Gründung des «Archivs für unpublizierte Autobiographien» im Januar 1980 und der Schaltung von Kleinanzeigen («W. Kempowski sucht unveröffentlichte Autobiographien für sein Archiv») über die rasch wachsende Flut von Einsendungen, die Konkretisierung des «Echolot»-Vorhabens acht Jahre später bis in die Tage der ersten «Echolot»-Auslieferung im Herbst 1993. Zeitweise hatte er das Gefühl, «mit der Gießkanne ein Schwimmbad zu füllen».

Er notierte sich: «Angstzustände wechseln mit Ekel ab.» Oder: «Mir dröhnt der Kopf.» Sogar: «Nahe am Weinkrampf wegen der Anstrengungen.» Dann gab es wieder Glück bei der «Arbeit im Archiv»: «Die herrlichsten Entdeckungen. Das Gedächtnis reicht nicht aus, die guten Sachen ständig gegenwärtig zu haben. Man muß immer wieder hinabsteigen.» Ein Vierteljahrhundert hat Kempowski sich in einem selbstgeschaffenen Kosmos bewegt – der von einem Käfig bisweilen nur schwer zu unterscheiden war. In einem Anbau seines Hauses in Nartum, nahe Bremen, befindet sich ein Archiv mit Tagebüchern, Briefen, Erinnerungen und Fotos, wie es so kein zweites in Deutschland gibt.

Und Kempowski ist Schöpfer, Bauherr, Kurator und Benutzer in einer Person. Ein ebenso einzigartiges, ein gigantomanisches Werk ist daraus entstanden und jetzt zum Abschluß gekommen: der sorgsam arrangierte Stimmenchor «Das Echolot», eine sich über Tausende von Seiten erstreckende Zitatmontage.

Die vierte und letzte Lieferung mit dem Untertitel «Abgesang '45» erscheint rechtzeitig zum 60. Jahrestag der deutschen Kapitulation im Mai 2005. Ursprünglich hatte Kempowski geplant, diesen Band schon 1995 erscheinen zu lassen, aber auch er hatte die Dimension des Unternehmens von Anfang an unterschätzt.

«Den Guten, die auch immer ein wenig böse sind, und den Bösen, die auch von einer Mutter geboren wurden, habe ich zugehört, und ich habe ihre Texte zu einem Dialog geformt», hieß es 1993 im kurzen Vorwort zum ersten «Echolot». Und lange, bevor Günter Grass seine Novelle «Im Krebsgang» (2002) nannte, schrieb Kempowski: «Wer eine Formel für den Krebsgang der Menschheit sucht – mit dem Echolot holt er sie aus der Tiefe.» Allein dieses Vorwort: Bis zuletzt hatte sich der Autor dagegen gewehrt, dem Chor der fremden Stimmen, der Toten und der Stummen, die er mit ihren Aufzeichnungen wieder zum Reden brachte, seine eigene Stimme hinzuzufügen. «Sehr schwierig, das liegt mir gar nicht», notierte er im November 1992. «Hildegard meint, ich spreche wie ein Bauer, wenn ich mich theoretisch über etwas verbreite.»

Zwei Personen waren es vor allem, die an Kempowskis Seite während der «Echolot»-Epoche tapfer ausgehalten haben, als Verbündete, Mitarbeiter und Gesprächspartner: seine Frau Hildegard, mit der er seit bald 45 Jahren verheiratet ist, und Simone Neteler, die 1984 als Schülerin in Nartum auftauchte und später neben ihrem Publizistikstudium die oft schwer leserlichen Handschriften eingab und den Überblick zu bewahren versuchte. In bemerkenswerter Offenheit – und überaus spannend zu verfolgen – zeigt sich in den «Culpa»-Notizen, wie die Dichterklause in Nartum von einem Tollhaus oft genug nicht mehr zu unterscheiden war. Vom «Echolot» könne man irrsinnig werden, rief irgendwann die Ehefrau aus, und die junge Mitarbeiterin notierte sich in einem eigenen Tagebuch: «9½ Stunden am Computer gesessen, der Rücken ist wie durchgebrochen. Fühle mich alt und ausgelaugt. Abgeschlafft und matschig, genervt, abgespannt.»

Auszüge aus den Notizen von Simone Neteler hat Kempowski in «Culpa» aufgenommen, so daß eine zweite Stimme das Bild ergänzt – und durchaus nicht immer zum Lobe des Meisters: «Er tobte! Mit Türengeknalle, Hin- und Hergerenne, lautem Geschrei – wie im Film!»

Es ist Fronarbeit, für alle. Kempowski schont sich selbst nicht. Die Arbeit schreitet voran, ohne daß der Weg immer schon klar erkennbar wäre. Der Sinn für Proportionen, für die Dimension überhaupt droht zwischendurch verlorenzugehen. Als der Steuerberater ihm 1985 vorrechnet, daß für das Archiv und die Arbeit am «Echolot» schon 300 000 Mark Kosten anzusetzen seien, ist Kempowski völlig erstaunt – ebenso, als er 1992 feststellen muß, daß 100 000 Blatt Papier aufgebraucht sind. Nicht genug damit, daß Irrwege beschritten werden, Dateien verschwinden, die Kapazität des ersten Rechners bald nicht mehr ausreicht: Immer wieder schleichen sich Zweifel ein, ob das alles einen Sinn hat, ob wirklich etwas daraus entstehen wird, was auf Interesse, gar eines größeren Publikums, stößt.

Je umfangreicher die Sammlung wird, desto deutlicher «klaffen die Lücken», so empfindet der Arrangeur dieser riesigen Stoffmassen. «Eine unförmige Mißgeburt?», fragt er sich selbst. Zwischendurch mag er vom «Echolot» nichts mehr hören, kehrt aber immer wieder brav zu seinem «gigantischen Monstrum» zurück und ahnt richtig voraus: «Seine Wirkung wird in der Ausführlichkeit liegen.» Es sind Tausende von Stimmen, die in seinem Kopf umherschwirren, denen er gerecht werden möchte, lauter Menschen, deren Briefe und Tagebuchnotizen er zitiert und nach eigenen Gesetzen arrangiert. Der unermüdliche Einsatz kostet seinen Preis: Im Dezember 1991 erleidet Kempowski den ersten, im Mai 1993 den zweiten Schlaganfall. Er erholt sich und macht sofort weiter, im tiefsten Inneren von seiner Mission überzeugt: «Wie Moses an den Fels schlug, und es kam Wasser heraus, so habe ich die Stummen zum Reden gebracht.» Es ist ein Wunder. Und rückblickend eigentlich nicht recht zu begreifen, wie eine derart kleine Mannschaft ein solches Werk stemmen konnte. Kempowski muß immer nur auf den nächsten Schritt geguckt, Fuß vor Fuß gesetzt haben – hätte er nur einmal den Kopf gehoben und die Wand vor sich gesehen, die am Ende zu erklimmen war, er wäre wohl sofort erstarrt. Kempowski hatte recht, er konnte sich auf seine Leser verlassen: Anders als lange Zeit im Münchner Knaus-Verlag befürchtet – der heute zum Bertelsmann-Imperium gehört und dessen Verlagsleitung während der «Echolot»-Jahre mehrmals ausgewechselt wurde –, wuchs sich schon die erste Kassette mit vier Bänden 1993 schnell «zu einem der spektakulärsten Erfolge» in der Verlagsgeschichte aus, wie Kempowskis Lektor Karl Heinz Bittel im Nachwort zu «Culpa» schreibt.

Noch eine ergänzende Stimme: Bittel schildert die von Kempowski beschworene «Geschichte der Verhinderungen», soweit sie den Verlag betreffen, aus seiner Sicht – und das ist nur fair, denn der Lektor dürfte derjenige sein, der in Kempowskis Notizen am häufigsten beschimpft wird. Nun darf er zeigen, gegen welche Widerstände im Verlag anzukämpfen war («Das ist also gar kein richtiger Roman? Keine Zeile von Kempowski? Wer soll denn das kaufen?»), aber auch deutlich machen, daß nur mit dem Konzern im Hintergrund das Projekt überhaupt zu kalkulieren war. Selbst als sich in München angesichts des «Echolot»-Projekts wieder einmal große Skepsis breitmachte («Vielleicht sollte man 1000 Exemplare für Bibliotheken und Enthusiasten machen, dann Studienausgabe»), sah man keinen Anlaß, die Sache fallen zu lassen – wenn der Erfolgsautor Kempowski es denn unbedingt so haben wollte.

Der ersten «Echolot»-Kassette, die sich innerhalb von rund fünf Jahren 50000-mal verkauft hat und den Kriegsalltag aus dem Januar und Februar 1943 schildert, folgte 1999 eine zweite vierbändige Lieferung, die die gleichen

Monate im Jahr 1945 schildert (Untertitel «Fuga furiosa»). Dann kam 2002 ein einbändiger Prolog hinzu, zeitlich den deutschen Überfall 1941 auf die Sowjetunion umfassend («Barbarossa '41»). Nun folgt als Epilog, als Abschluß ebenfalls einbändig, die Darstellung aus den letzten drei Wochen des Zweiten Weltkriegs. Der «Abgesang '45» setzt mit dem 56. Geburtstag Hitlers am 20. April 1945 ein: Seit 2059 Tagen tobt der Krieg, und er wird noch 18 Tage andauern. So ist der Kopfleiste zu entnehmen, die Kempowski jeweils vor die Tage gestellt hat. Auf die deutsche Kapitulation und deren Bekanntwerden am 8./9. Mai 1945 läuft hier alles zu, wie bei einem Countdown: auf die Angabe «0 Tage» – nach 2077 Tagen Krieg.

Kempowski ist am Ende seiner «Echolot»-Reise zum Meister der Form und der Proportion geworden: Nicht mehr von Tag zu Tag bietet er seine Zitate auf, sondern blickt nur noch ausschnitthaft in die ermüdeten Seelen. Er konzentriert sich auf vier Schwerpunkte: Nach dem 20. läßt er den 25. und 30. April (Selbstmord Hitlers) folgen, dann kommt das Kriegsende. Den 8. und 9. Mai hat Kempowski zu einem einzigen großen Kapitel von knapp 150 Druckseiten zusammengefasst (wie ähnlich schon einmal die zwei Tage des Luftangriffs auf Dresden in «Fuga furiosa», den 13. und 14. Februar 1945): ein Puzzle aus Notizen und Briefen von Besiegten und Siegern, das sich zum großen Panorama weitet – so vielstimmig hat man das Kriegsende noch nirgendwo dargestellt gefunden.

Ein letztes Mal ist hier der Chor der am Krieg Beteiligten zu vernehmen, der Soldaten und Zivilisten, der Beobachter nah und fern, der Künstler, Schriftsteller und völlig Unbekannten, der Lagerinsassen und Gefangenen, der Verwundeten, auch der Politiker (sie, die Sieger, haben sogar das erste Wort: Harry S. Truman, Winston Churchill, Josef Stalin) – Freudentaumel, Ungläubigkeit, auch Unsicherheit rund um den Globus, besonders natürlich in Europa.

«Nicht leicht», notiert ein Deutscher, «sich auf Waffenstillstand umzustellen. Man sieht noch immer nach dem Himmel, sobald ein Flieger summt, und will Deckung nehmen.» Ein Rotarmist wandert durch das eroberte Berlin: «Der Tag war frühlingshaft [...]. Vor dem Reichstag lärmte ein ausgewachsenes Feldlager. Soldaten rasierten sich direkt auf der Straße, vor Spiegeln, die irgendwie auf der Panzerung von Kampfwagen aufgestellt waren.» Es wäre wirklich keine schlechte Idee, Kempowski in diesem Jahr nun endlich mit dem Georg-Büchner-Preis auszuzeichnen. Ebensogut gäbe er, spätestens mit dem Abschluß dieses den Zweiten Weltkrieg so tief auslotenden Werks, einen würdigen Kandidaten für den Friedenspreis des Deutschen Buchhandels ab. «Culpa», Schuld, hat er seine Notizen zum «Echolot» genannt. Ganz im Inneren, nur für sich selbst, hat er, wie er gesteht, die Hoffnung, «mit so einer Lebensarbeit auch ein wenig die Schuld des eigenen Volkes abzubüßen». Anders vermag er sich selbst die Anstrengung nicht zu erklären. Nun hat er mit dem «Echolot» abgeschlossen.

«Ich habe die anderen zu Wort kommen lassen», sagt Walter Kempowski. «Jetzt möchte man sagen: Liebe Freunde, verlaßt die Bühne! Ich will auch noch ein paar Worte sagen.» Und er hofft, daß in absehbarer Zeit sein Archiv, wie geplant, von der Akademie der Künste in Berlin übernommen wird. Wie er sich dann fühlen werde? «Erleichtert», sagt er, «ja, erleichtert.»

16 Von hinten anschleichen

Das Tagebuch «Hamit»

Als Walter Kempowski im Sommer 1983 – zum achten Mal – ein Literaturseminar in seinem Haus in Nartum abhielt, ertappte er am letzten Tag eine Dame dabei, wie sie heimlich in seinen Tagebüchern las. «Dem wurde dann ein Riegel vorgeschoben», notierte der wütende Gastgeber, doch er fügte sogleich die aufschlußreiche Bemerkung in Klammern hinzu: «Wenn das keine Legitimation für eine Veröffentlichung der Tagebücher ist!» Es dauerte dann allerdings noch sieben Jahre, bis das erste Journal Kempowskis tatsächlich publiziert wurde, ebenjenes aus dem Jahr 1983, in dem auch diese Szene beschrieben wird; erst 1990 wurde «Sirius» vom Autor redigiert und veröffentlicht – begleitet von Selbstzweifeln und der Frage, «ob es nicht zu früh ist damit». Jedenfalls wollte Kempowski nicht einfach nur seine Notate abdrucken, sondern ein Buch komponieren, ein Album gewissermaßen: mit Fotos, Zeichnungen und im Schriftbild abgehobenen Ergänzungen aus dem Jahr der Überarbeitung und Publikation.

Wie sollen es die Schriftsteller mit ihren Aufzeichnungen halten, die parallel zum Werk entstehen? Unbearbeitet, unverfälscht ruhen lassen, bis die Nachwelt sich später vielleicht dafür interessiert und damit beschäftigt? Oder doch selbst durchsehen und auf literarische Tauglichkeit und Veröffentlichungsreife hin überprüfen?

Ist die Trennung von Werk und Tagebuchnotizen nicht überhaupt ein überholtes Ideal? Wer etwas auf sich hält in der deutschsprachigen Gegenwartsliteratur, publiziert jedenfalls seine Tagebücher lieber heute als morgen. Und das gilt nicht nur für die alte Garde der nun weit über Siebzigjährigen, für Kempowski, Paul Nizon, Peter Rühmkorf, Martin Walser oder Christa Wolf, die allesamt in den vergangenen Jahren Teile ihrer Tagebücher veröffentlicht haben – auch die Autoren der mittleren Generation und die noch Jüngeren sind emsig am Publizieren ihrer privaten Aufzeichnungen, Rainald Goetz nicht anders als Durs Grünbein, Peter Handke, Helmut Krausser oder Klaus Modick; bei Einar Schleef (1944–2001) erledigen das Herausgeber aus dem Nachlaß. Walser, der im Herbst 2005 ebenfalls mit der Veröffentlichung seiner umfangreichen Tagebücher begonnen hat (zunächst sind jene aus den Jahren 1951 bis 1962 erschienen), wäre in jungen Jahren darüber entsetzt gewesen. An seinem 30. Geburtstag notierte er sich: Wenn er «täglich vors Papier, eine Art Tagebuch gar, gezwungen würde, es wäre zum Sterben». Er unterschied «diese Schmierereien» vom «richtigen Schreiben», fürchtete «die schlimmste aller Posen: die willenlose Beschäftigung mit dem leergewordenen Selbst». Freilich erkannte er damals, 1957, auch schon die Verlockung: «Nichts Schlimmeres als das regelmäßige Tagebuch, auch wenn es gar nicht zur Veröffentlichung bestimmt ist, aber welches ist das nicht! Das schleicht sich doch ganz von selbst in den kleinschreibenden, sorgfältig notierenden Geist ein, die Korrumpierung ist unvermeidbar!»

Kempowski hat das immer ganz anders gesehen: «Ein Schriftsteller, der kein Tagebuch schreibt, ist irgendwie schief gewickelt», lautet sein Credo, «mit dem stimmt was nicht.» Er selbst ist einer der eifrigsten Diaristen unserer Tage. Seit seiner Entlassung aus dem DDR-Gefängnis Bautzen 1956 führt er konsequent und kontinuierlich Tagebuch (frühere Aufzeichnungen dürften verloren sein). Die Abschrift der handschriftlichen Notizen umfaßt heute mehr als 12 000 Seiten («Tage ohne einen Eintrag kommen mir dumm und leer vor»).

Jetzt ist nach «Sirius» (1990) und «Alkor» (2001), dem Tagebuch des Jahres 1989, das dritte oder – wenn man das «Echolot»-Werktagebuch «Culpa» (2005) mitzählt – vierte Kempowski-Journal erschienen: «Hamit». Das Titelwort ist der im Erzgebirge gebräuchliche Begriff für «Heimat». Das Tagebuch, das aus dem Jahr 1990 stammt, zeigt den Autor im Jahr der Wiedervereinigung, die ihm auch eine persönliche Wiederbegegnung mit Rostock beschert. Es bereitet großes Vergnügen, den Autor des Rostock-Romans «Tadellöser & Wolff» (1971) auf seinen Streifzügen durch die Hansestadt zu begleiten. Gleich nach Neujahr macht er sich auf, zusammen mit seinem älteren Bruder Robert, nicht ohne Hemmungen. «Beim Heraussuchen der Anzüge langes Überlegen: Räuberzivil? oder in Schale werfen? – Als Herr zurückkehren oder als verlorener Sohn? Ich werde mich der Heimat in Tarnkleidern nähern, das wird das Beste sein. Von hinten anschleichen, kein Aufsehen erregen.»

Das ist schönster Kempowski-Ton, und es überrascht nicht, daß sich bei dem Besucher bald Enttäuschung, ja so etwas wie Entsetzen einstellt. «Herrgott, wie sieht die Stadt aus!» empört er sich. «Wo ist der Zauber der alten Hansestadt geblieben? Wann haben sie der Stadt das Herz ausgerissen?» Er sieht sich sonderbar unberührt vom Wiedersehen: «Das ist es nun, dachte ich. Alles ist noch wie früher, nur etwas heruntergekommen.» Bei der Wiederbegegnung mit der Haftanstalt Bautzen («Wie ein abgetakeltes Schlachtschiff liegt sie dort») will sich nicht einmal mehr Wut über das ihm widerfahrene Ungemach einstellen, über die verheerenden Folgen bis in den privatesten Bereich hinein: «Ich hatte in Rostock nie eine Freundin, ich kam als ‹Jungfrau› ins Gefängnis», notiert er. «Heutzutage haben die Knackis ‹Freigang›. Wir blieben auch mit diesem Kummer allein. Sexuell – verkorkst. Verkorkst ist gar kein Ausdruck.»

Allerdings läßt sich vor dem Bautzen-Hintergrund bestens nachvollziehen, warum gerade Kempowski gegen jede Verharmlosung des 1990 auslaufenden Staatsmodells namens DDR immun gewesen ist. Fassungslos verfolgt er in der ersten Hälfte des Jahres die Skepsis bei vielen Westdeutschen angesichts der sich anbahnenden historischen Chance zur Wiedervereinigung. Ob da ein Sozialdemokrat im Januar 1990 in einem Interview das «Gerede von der Wiedervereinigung» nicht ertragen kann («Wir wollen eben nicht nur einen Anschluß») oder den Autor im Februar eine Aufforderung erreicht, sich an einer Demonstration gegen die Wiedervereinigung zu beteiligen («Der Brief war von den Grünen abgestempelt») – Kempowski kann nur den Kopf schütteln: «Von Euphorie keine Rede. Am Radio-Telefon wurde ich gefragt, was ich zu der Eile sage, mit der man die Dinge angeht. Ich antwortete wie gewöhnlich: ‹Die Mauer haben sie an einem einzigen Tag gebaut.› Wenn man so was sagt, sind sie platt. Das verschlägt ihnen die Sprache.» Keine Frage, daß es Walter Kempowski ist, der derzeit die unterhaltsamsten Tagebücher publiziert – obgleich oder gerade weil es sich erkennbar um nachträglich arrangierte Werke handelt. In «Hamit» wird das besonders deutlich: Die Reise nach Rostock zu Beginn ist nichts anderes als eine große zusammenhängende Reportage, eine auf Tage aufgeteilte Erzählung. «Tagebuch schreiben. Warum? Wahrscheinlich, um festzustellen, wo ich meine Zeit gelassen habe.» So die entwaffnende Begründung. Vielleicht ist es wirklich so einfach.

17 Der Volksdichter

Ein Nachruf

Am 10. November 1989, dem Tag nach dem Mauerfall, schrieb er in sein Tagebuch: «Wieso hat niemand den Choral ‹Nun danket alle Gott!› angestimmt? – Weil niemand mehr den Text kennt. – Aber woher kennen sie den Schlager ‹So ein Tag ...›?»

Typisch Kempowski: In wenigen Sätzen konnte er eine Zeitstimmung erhellen. Gegen die Verklärung der DDR war der Schriftsteller immun: Er hatte als junger Mann acht Jahre im Zuchthaus Bautzen zugebracht, als politischer Häftling. Und er glaubte, in einem brutalen Verhör seine Mutter verraten zu haben, die wegen Mitwisserschaft 1948 ebenfalls in Haft kam. Diese traumatische Erfahrung war ein Grund dafür, daß bei Kempowski, der Mitte der fünfziger Jahre in die Bundesrepublik kam und viele Jahre als Lehrer arbeitete, stets ein schwermütig-melancholischer Grundton mitklang.

Nach seinen Ideen entstand in Nartum, nahe Bremen, ein Haus mit Turm, Innenhof und einem Anbau für sein 1980 gegründetes Archiv unpublizierter Autobiographien, das Grundlage für das zehnbändige «Echolot» (1993–2005) war, jene Stimmen-Collage über den Zweiten Weltkrieg, die Kempowski zusammengetragen und komponiert hat – eine der großen Leistungen der deutschen Literatur des 20. Jahrhunderts.

Daß dieses Werk ungemein viel Bewunderung fand, tröstete ihn. Er fühlte sich nach anfänglicher Anerkennung vom Literaturbetrieb lange Zeit verkannt – sein Debüt «Im Block» (1969), der Bericht über seine Haftzeit, war noch ein großer Erfolg bei der Kritik gewesen. Tatsächlich gab es jahrelang Mißgunst dem politischen Eigenbrötler und Bestsellerautor gegenüber, der nicht nur mit seinem später für das Fernsehen verfilmten Roman «Tadellöser & Wolff» (1971) einen großen Publikumserfolg erzielen konnte. Kempowski wurde populär, aber über lange Jahre mit Literaturpreisen nicht gerade verwöhnt; den Büchner-Preis hat er nie erhalten.

Dafür lud er sich Kollegen und Gäste ins Haus, veranstaltete beliebte Literaturseminare, bei denen er nie vergaß, aus eigenen Werken vorzutragen – ein begnadeter Vorleser.

In seinen Tagebüchern, die er regelmäßig, ja geradezu süchtig führte, war er ganz bei sich. Mehrere Bände sind noch zu Lebzeiten veröffentlicht worden, Tausende Seiten ruhen mit anderen Manuskripten aus dem Nachlaß im Archiv der Berliner Akademie der Künste.

Dort, am Pariser Platz, fand im Mai 2007 aus Anlaß einer großen Ausstellung jene Veranstaltung zu Ehren Kempowskis statt, auf der Bundespräsident Horst Köhler ihn als «Volksdichter» bezeichnete – eine späte Genugtuung für den Mann, der sich zeitlebens nie Ruhe gegönnt hat. Er selbst konnte nicht nach Berlin kommen, er war unheilbar an Darmkrebs erkrankt.

Bis zuletzt freute sich Kempowski über den Besuch von Freunden in Nartum, saß mit seiner Frau Hildegard am Kaffeetisch und erzählte mit zunehmend leiser werdender

Stimme. Er hielt sich tapfer aufrecht, viel länger, als ihm die Ärzte prophezeit hatten. Walter Kempowski starb am 5. Oktober 2007 im Alter von 78 Jahren in Rotenburg an der Wümme.

Zeittafel

1929 Geboren am 29. April in Rostock als Sohn des Schiffsmaklers und Reeders Karl Walter Kempowski und seiner Frau Margarethe, geb. Collasius. Zwei Geschwister: Schwester Ulla (1922–2002) und Bruder Robert (*1923).

1935 Einschulung in die St.-Georg-Schule für Knaben.

1939 Eintritt ins Realgymnasium.

1945 Im Februar Einberufung als Luftwaffenkurier. Der Vater fällt am 28. April auf der Frischen Nehrung.

1946 Im Frühjahr Abgang von der Schule, im Herbst Beginn einer kaufmännischen Lehre in einer Druckerei in Rostock.

1947 Im November Umzug nach Hamburg. Eine Lehrstelle im Rowohlt Verlag kann wegen der fehlenden Genehmigung der Stadtverwaltung nicht angetreten werden. Ab Mitte Dezember Arbeit in einem Lebensmittellager der US-Army in Wiesbaden.

1948 Verhaftung während eines Besuchs in Rostock am 8. März. Am 20. August Verurteilung wegen Spionage zu 25 Jahren Arbeitslager durch ein sowjetisches Militärtribunal, zusammen mit seinem Bruder Robert. Seit Anfang September Haft im Zuchthaus Bautzen. Im selben Jahr wird auch die Mutter verhaftet.

1953 Verurteilung der Mutter zu zehn Jahren Strafarbeitslager im Frauengefängnis Hoheneck wegen «Nichtanzeigen von Agenten des ausländischen Nachrichtendienstes».

1953 Ab März Arbeit als Schreiber in der Sattlerei des Zuchthauses; mehrere Wochen Einzelhaft wegen des Vorwurfs der Gründung einer christlichen Untergrundbewegung.

1954 Entlassung der Mutter, die nach Hamburg geht. Walter Kempowski wird Leiter des Gefängnischors.

1956 Vorzeitige Entlassung am 8. März. Übersiedlung nach Westdeutschland. Erste Aufzeichnungen über die Haftzeit. Beginn der täglichen Tagebuchaufzeichnungen, in denen die Recherchen für eine umfangreiche Familienchronik festgehalten werden. Im September Entlassung des Bruders Robert.

1957 Abitur und Beginn des Studiums in Göttingen. Erste literarische Versuche über seine Haftzeit in Bautzen.

1959 Ostern 1959 Beginn der Aufzeichnungen der Erzählungen und Erinnerungen seiner Mutter.

1960 Heirat mit der Lehrerin Hildegard Janssen. Das Ehepaar arbeitet an der Dorfschule in Breddorf bei Zeven.

1961 Geburt des Sohnes Karl-Friedrich. Arbeit an verschiedenen Romanprojekten. Beginn der Befragungen zu «Haben Sie Hitler gesehen?».

1962 Geburt der Tochter Renate. Erste Verbindung zum Rowohlt Verlag.

1964 Arbeit an einem Haftbericht.

1965 Versetzung nach Nartum bei Zeven.

1968 Haftbericht beendet, im August Beginn von «Tadellöser & Wolff».

1969 «Im Block. Ein Haftbericht» erscheint im März im Rowohlt Verlag, Reinbek.

1970 Im Oktober «Tadellöser & Wolff» beendet. Beginn von «Uns geht's ja noch gold». Der Rowohlt Verlag lehnt die Veröffentlichung von «Tadelloser & Wolff» ab.

1971 «Tadellöser & Wolff» erscheint im Hanser Verlag, München. Förderpreis des Lessingpreises der Stadt

Hamburg. Hörspiel «Träumereien am elektrischen Kamin» erscheint.

1972 «Uns geht's ja noch gold» erscheint. Wilhelm-Raabe-Preis der Stadt Braunschweig, Förderpreis des Andreas-Gryphius-Preises.

1973 «Haben Sie Hitler gesehen?» erscheint. Veröffentlichung von «Der Hahn im Nacken». Drehbucharbeiten mit Eberhard Fechner für dessen Film «Tadellöser & Wolff».

1974 «Immer so durchgemogelt» erscheint.

1975 Nach Auflösung der Dorfschule in Nartum Lehrer an der Mittelpunktschule in Zeven. «Ein Kapitel für sich» erscheint. Erstausstrahlung von «Tadellöser & Wolff», der Verfilmung Eberhard Fechners, im Zweiten Deutschen Fernsehen.

1976 Zahlreiche Lesungen an Universitäten und Goethe-Instituten in den USA. «Alle unter einem Hut» und «Wer will unter die Soldaten» erscheinen.

1977 Gastdozent an der Universität Essen. Karl-Sczuka-Preis für das Hörspiel «Beethovens Fünfte» (1975).

1978 «Aus großer Zeit» erscheint im neugegründeten Albrecht Knaus Verlag, Hamburg/München. Alle weiteren Werke erscheinen bis auf wenige Ausnahmen in diesem Verlag.

1979 Reise nach Indien und Ägypten. «Haben Sie davon gewußt?» und «Unser Herr Böckelmann» erscheinen. Eberhard Fechners Verfilmung von «Ein Kapitel für sich» wird gesendet. Niedersachsen-Preis für Publizistik.

1980 Lehrbeauftragter an der Universität Oldenburg bis 1991. Im April Lesereise durch die USA, Lehrauftrag an der Universität von San Diego. Gründung des Archivs für unpublizierte Autobiographien. Hörspiel «Moin Vaddr läbt». Jakob-Kaiser-Preis (zusammen mit Eberhard Fechner). «Kempowskis einfache Fibel» erscheint im Schulbuchverlag Westermann.

1981 Im August Beginn der Literaturseminare in Haus Kreienhoop, die bis 1991 mehrmals im Jahr, danach sporadisch stattfinden. «Schöne Aussicht» erscheint. Hörspielpreis der Kriegsblinden für «Moin Vaddr läbt».

1982 Fritz-Reuter-Plakette der Landsmannschaft Mecklenburg.

1983 Erstmals «Literaturtage im Kreienhoop». Johannes-Gillhoff-Preis des Kulturkreises Mecklenburg. Im Wintersemester 1983/84 Gastdozent an der Universität Hamburg. Gründung des Sommerklubs für Kinder und Jugendliche im Haus Kreienhoop. «Herrn Böckelmanns schönste Tafelgeschichten nach dem ABC geordnet» erscheinen.

1984 «Herzlich Willkommen» erscheint.

1986 Im April Reise nach Frankreich, Studien für «Hundstage». Im Oktober Gastdozent an der Brigham-Young-University in Provo/Utah. «Haumiblau» erscheint.

1987 Im Juli als Dozent an der deutschen Sommerschule in Portland/USA. Zwei Reisen nach Polen, Studien für «Mark und Bein».

1988 Im Juni Gastdozent an der Universität von Taos/USA. Der Roman «Hundstage» erscheint.

1990 Anfang des Jahres erste Rostockreise nach der Maueröffnung 1989, im Frühjahr Besuch in Bautzen mit dem holländischen Regisseur Cherry Duyns. «Sirius. Eine Art Tagebuch» erscheint.

1991 Ende der Lehrtätigkeit an der Universität Oldenburg.

1992 «Mark und Bein. Eine Episode» erscheint.

1993 «Das Echolot. Ein kollektives Tagebuch Januar und Februar 1943» erscheint in vier Bänden.

1994 Konrad-Adenauer-Preis für «Das Echolot». Ehrenbürger der Hansestadt Rostock. Gründung eines Werkarchivs in Rostock. Das Märchen «Der arme König von Opplawur» erscheint.

1995 Das neunstündige Hörspiel «Der Krieg geht zu Ende. Chronik für Stimmen» (zusammen mit Walter Adler) wird am 8. Mai von mehreren Rundfunksendern ausgestrahlt. «Weltschmerz. Kinderszenen fast zu ernst» erscheint. Uwe-Johnson-Preis für «Das Echolot».

1996 Verleihung des Großen Bundesverdienstkreuzes.

1997 Am 16. Juni Aufnahme eines neunzehnstündigen Videoprotokolls von 37 Fernsehprogrammen, die Textfassung als «Bloomsday '97». Erweiterung des Rostocker Archivs zu einer Sammlung Rostocker Schriftsteller.

1998 Der Roman «Heile Welt» erscheint.

1999 Das «Echolot. Fuga furiosa. Ein kollektives Tagebuch Winter 1945» erscheint in vier Bänden. Die Romane «Aus großer Zeit», «Schöne Aussicht», «Tadellöser & Wolff», «Uns geht's ja noch gold», «Ein Kapitel für sich» und «Herzlich willkommen» sowie die Befragungsbände «Haben Sie Hitler gesehen?», «Haben Sie davon gewusst?» und «Immer so durchgemogelt» erscheinen in einer Kassette als «Die deutsche Chronik».

2000 Heimito-von-Doderer-Preis.

2001 «Alkor. Tagebuch 1989» erscheint. «Der Rote Hahn. Dresden im Februar 1945» erscheint.

2002 «Das Echolot. Barbarossa '41» erscheint. Nicolas-Born-Preis und Dedalus-Preis. Ehrendoktorwürde der philosophischen Fakultät der Universität Rostock.

2003 «Letzte Grüße» erscheint. Ernennung zum Honorarprofessor für Neuere Literatur- und Kulturgeschichte durch die Universität Rostock. Hermann-Sinsheimer-Preis für Literatur und Publizistik.

2004 Verleihung des «Degree of Humane Letters, Honoris Causa» des Juniata College in Huntington/Pennsylvania für «Letzte Grüße». «Walter Kempowski. Eine bürgerliche Biographie» von Dirk Hempel erscheint. Am 29. April feiert die Stadt Rostock den 75. Geburtstag ihres prominentesten Bürgers mit einem Festakt. Mercator-Professur 2004 der Universität Duisburg/Essen. Großes Verdienstkreuz des niedersächsischen Verdienstordens. Kempowskis Prominenten-Poesiealbum «Das 1. Album. 1981–1986» erscheint im Stroemfeld Verlag.

2005 «Das Echolot. Abgesang '45» und «Culpa. Notizen zum Echolot» erscheinen.
Der Knaus Verlag feiert das Erscheinen des letzten Bandes des «Echolots» in Berlin in Anwesenheit des Bundespräsidenten Horst Köhler. Ausstellung «Das Echolot. Abgesang '45» im Stadt- und Schifffahrtsmuseum Kiel. Hans-Erich-Nossack-Preis. Thomas-Mann-Preis. Ehrenpreis des bayrischen

Ministerpräsidenten beim Internationalen Buchpreis Corine. Am 11. Oktober wird die Kempowski-Stiftung «Haus Kreienhoop» gegründet.

2006 Ehrenzeichen in Gold des Landkreises Rotenburg/Wümme. «Hamit. Tagebuch 1990» und «Alles umsonst» erscheinen. Briefwechsel zwischen Uwe Johnson und Walter Kempowski erscheint unter dem Titel «Kaum beweisbare Ähnlichkeiten» im Transit Buchverlag. Verdienstorden der Bundesrepublik Deutschland. Kulturpreis des Landes Mecklenburg-Vorpommern.

2007 Eröffnung der Ausstellung «Kempowskis Lebensläufe» in der Berliner Akademie der Künste. Stahl-Literaturpreis 2006/2007 der Stahlstiftung Eisenhüttenstadt.
Am 5. Oktober stirbt Walter Kempowski nach schwerer Krankheit in Rotenburg/Wümme.
Am 8. Oktober Beerdigung in Nartum.

2008 «Somnia. Tagebuch 1991» erscheint.

2009 Im April 2009 erscheint der nachgelassene Gedichtband «Langmut».

Nachweise

1 «Eine Art Gedächtnistraining»
Akzente, 4/1972
2 Noch einmal Bautzen
FAZ vom 11.11.1975
3 Ein Jahrhundertalbum
FAZ vom 17.10.1978
4 Deutsche Antworten
FAZ vom 7.4.1979
5 «Der Erfolg ist ein Glücksfall»
In Hage: «Die Wiederkehr des Erzählers» (1982)
6 Heiter und gelassen
FAZ-Magazin vom 13.11.1981
7 Ein Fall von Philisterei
Die Zeit vom 19.11.1990
8 Vereintes Land
Die Zeit vom 5.10.1990
9 Der Herr der Tagebücher
Der Spiegel vom 28.12.1992
10 «Bis ans Ende meiner Tage»
Spiegel Spezial, Oktober 1993
11 Ein Etüdenspiel
Spiegel Spezial, Oktober 1994
12 Hauptsache nicht lockerlassen
Der Spiegel vom 27.12.1999

13 «Das hatte biblische Ausmaße»
In Hage: «Zeugen der Zerstörung» (2003)
14 Vom jähen Ende der Kindheit
In: «‹Was das nun wieder soll.› Zu Werk und Leben Walter Kempowskis» (2005)
15 Chor der stummen Stimmen
Der Spiegel vom 14.2.2005
16 Von hinten anschleichen
Der Spiegel vom 13.3.2006
17 Der Volksdichter
Der Spiegel vom 8.10.2007

Den Verlagen von «FAZ», «Zeit» und «Spiegel» ist für die Genehmigung zum Wiederabdruck zu danken. Die Einleitung wurde für dieses Buch geschrieben.

Das Werk von Walter Kempowski

IM BLOCK
Ein Haftbericht
1969. 320 Seiten mit 30 s/w-Abb.

TADELLÖSER & WOLFF
Ein bürgerlicher Roman
1971. 476 Seiten

UNS GEHT'S JA NOCH GOLD
Roman einer Familie
1972. 371 Seiten

HABEN SIE HITLER GESEHEN?
Deutsche Antworten. Mit einem Nachwort
von Sebastian Haffner
1973. 118 Seiten

IMMER SO DURCHGEMOGELT
Erinnerungen an unsere Schulzeit
1974. 255 Seiten

EIN KAPITEL FÜR SICH
Roman
1975. 392 Seiten

AUS GROSSER ZEIT
Roman
1978. 448 Seiten

HABEN SIE DAVON GEWUSST?
Deutsche Antworten. Mit einem
Nachwort von Eugen Kogon
1979. 148 Seiten

UNSER HERR BÖCKELMANN
Illustriert von Roswitha Quadflieg
1979. 96 Seiten

KEMPOWSKIS EINFACHE FIBEL
Illustriert von Manfred Limmroth
1979

SCHÖNE AUSSICHT
Roman
1981. 544 Seiten

HERRN BÖCKELMANNS SCHÖNSTE TAFELGESCHICHTEN
NACH DEM ABC GEORDNET
Illustriert von Roswitha Quadflieg
1983. 135 Seiten

HERZLICH WILLKOMMEN
Roman
1984. 352 Seiten

HAUMIBLAU
208 Pfennniggeschichten für Kinder.
Mit Bildern von Friedrich Kohlsaat
1986. 96 Seiten

HUNDSTAGE
Roman.
1988. 416 Seiten

SIRIUS
Eine Art Tagebuch
1990. 640 Seiten mit 240 Fotos

MARK UND BEIN
Roman
1992. 240 Seiten

DAS ECHOLOT
Ein kollektives Tagebuch. Januar und Februar 1943
1993. 4 Bde., 3056 Seiten

DER ARME KÖNIG VON OPPLAWUR
Ein Märchen. Mit Bildern von Renate Kempowski
1994. 48 Seiten

WELTSCHMERZ
Kinderszenen fast zu ernst
1995. 160 Seiten

BLOOMSDAY '97
1997. 400 Seiten mit 80 s/w-Abb.

HEILE WELT
Roman
1998. 480 Seiten

DAS ECHOLOT. FUGA FURIOSA
Ein kollektives Tagebuch Winter 1945
1999. 4 Bde., 3456 Seiten

ALKOR
Tagebuch 1989
2001. 608 Seiten

DAS ECHOLOT. BARBAROSSA '41
Ein kollektives Tagebuch
2002. 736 Seiten mit 109 s/w-Abb.

LETZTE GRÜSSE
Roman
2003. 432 Seiten

CULPA
Notizen zum Echolot
2005. 384 Seiten

DAS ECHOLOT. ABGESANG '45
Ein kollektives Tagebuch
2005. 496 Seiten mit 15 s/w-Abb.

HAMIT
Tagebuch 1990
2006. 432 Seiten

ALLES UMSONST
Roman
2006. 384 Seiten

SOMNIA
Tagebuch 1991
2008. 560 Seiten

LANGMUT
Gedichte
2009. 84 Seiten

FSC
Mix
Produktgruppe aus vorbildlich bewirtschafteten Wäldern und anderen kontrollierten Herkünften

Zert.-Nr. SGS-COC-1940
www.fsc.org
© 1996 Forest Stewardship Council

Verlagsgruppe Random House FSC-DEU-0100
Das für dieses Buch verwendete FSC-zertifizierte Papier *Munken Premium* liefert Arctic Paper Munkedals AB, Schweden.

1. Auflage

Umschlaggestaltung: semper smile, München
Gesetzt aus der Stempel Garamond von Greiner & Reichel, Köln
Druck und Bindung: GGP Media GmbH, Pößneck
Printed in Germany
ISBN 978-3-8135-0337-1

www.knaus-verlag.de